TAKE
SHOBO

侵蝕する愛

通勤電車の秘蜜

かのこ

ILLUSTRATION
天路ゆうつづ

侵蝕する愛　通勤電車の秘蜜

CONTENTS

MITSU YUME

イラスト／天路ゆうつづ

侵蝕する愛

侵蝕する愛

|通勤電車の秘蜜|

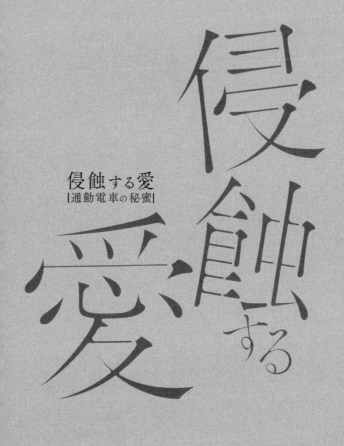

1

私には秘密があります。

もしも誰かに知られたらと、想像しただけで竦《すく》んでしまうようなその秘密。たとえば会社のみんなが知ったら、どう思うだろう。きっと、仲のいい同僚や後輩たちは私から離れていく。尊敬する上司からは軽蔑されてしまうかも知れない。頑張って作り上げてきた居場所を失くしてしまうのはわかりきっている。なのに、私はそれをやめられずにいます。

誰にも言えない私の秘密。勇気を出して告白します。


私は、社会人五年目になる会社員です。大学時代の先輩が起業した、ＩＴ関連企業の経理課に勤めています。

勤務先は、お世辞にも大企業とは言えない小さな会社ですが業績は好調で、設立以来少しずつ社員を増やしながら成長を続けています。昨年からは中途だけでなく新卒も採用されるようになり、今年は五人の新人が入社しました。たったの五人かと思われるかも知れませんが、つい四年前には新入社員がひとりしかいなかったのに比べたら、ずいぶん大人数に感じます。

うちの課にも新人が配属され、私は教育係を任されました。不慣れな環境で、ほぼゼロからスタートする人間関係。横で見ているだけでも大変そうですが、私には少し彼らが羨ましい。というのも、四年前にひとりだけだった新入社員というのが、私自身のことだから。

「卒業したら、うちの会社においでよ」

そう言って私を今の会社に誘ってくれたのは、大学で同じゼミに在籍していた、いずみ先輩です。その時、私は大学四年生。先輩が大学院卒業後すぐに起ち上げた会社が、少しずつ軌道に乗り始めていると話に聞いていた頃でした。

最初は彼女の思いもよらない言葉に驚きましたが、いくら私が内定をもらえずにいると嘆いたからといって、慰めや冗談でそんなことを口にする人ではありません。

最後に背中を押したのは、「飲食店向けの顧客管理システムを作る」なんて耳慣れない仕事内容じゃなく、「手伝ってもらえると嬉しい」というひと言。私が何かの役に立てるなら。単純に、そう思ったのです。

入社後は、私なりに一生懸命働いてきたつもりです。

当時の従業員は、社長のいずみ先輩を含めても五人足らず。それだけに部署の垣根はほとんどなく、私もできることがあれば何でもやりました。

企画会議があれば全員参加で、手が欲しいからと営業に同行したこともあります。ひととおりの事務作業をこなせるのは、はじめは総務も掛け持ちしていたから。

平日は気が張っているのか、たとえ風邪を引いたとしても、熱が出るのは決まって土日。年齢も社会人経験も一番下っ端で、敬語を使わなくていい相手はひとりもいない職場でしたが、自分で選んだのだと思えば不満は感じませんでした。

会社にとって初めての新人が、役立たずのコネ入社だと思われませんように。先輩や周りからの信頼に、少しでも応えられますように。そんな頑張りが認めてもらえたのか、私はこの春から、課長代理を任されるようになりました。

役の出番はその名のとおり、課長が留守のあいだだけのものですが、役職をもらってからは、以前にも増してベテラン社員として扱われることが多くなりました。

課長の柘植《つげ》さんと違ってめったに怒ったりしないからか、経理関係のミスを起こした時、みんなが最初に報告する相手は決まって私です。社内の処理ならば課長代理の権限で対応できるものがほとんどで、取引先の経理担当とはだいたい面識があるから、よほど大きなトラブルじゃなければ私だけでも解決できます。

お陰で、最近はよく周りから「さすが香月《こうづき》さん」と言われます。「しっかりしてるよね」とも。そんな評価は純粋に嬉しいし、氏名の上に肩書きのついた名刺を手にした時、ちょっと誇らしかったのも事実です。

だけど――時々、ふっと思うんです。本当は違うのに、と。

正直に言えば、私はしっかりなんかしていません。特別物覚えや要領がいいわけじゃないから、業務内容をメモした手帳は手放せないし、うっかりそれを忘れてしまった日には、一日中、不安で仕方がありません。臆病で、涙もろいのは昔から。二十六歳にもなって打たれ弱く、自分がちょっとミスをしただけですぐ落ち込みます。さすがと言って私を褒めてくれる人は、私がトラブル対応のたび、泣くのを必死に我慢しているなんて思ってもいないはずです。たまにクールだと勘違いされるのは、そうやって強がっているのが裏目に出ているせいでしょう。

私は普段、きっちりしたスーツに高さのあるヒールを履いているけれど、それはただ、情けない自分を隠して大人ぶっているだけのこと。伸ばした髪を後ろでひとまとめにしているのも、眼鏡をかけているのも、すべて、自立した女性を装うため。口ではみんなの役に立ちたいと言いながら、本当は自分が失敗したり間違えたりするのが怖いだけの小心者。それが、本当の私です。

そんな私が、まさか人に言えない秘密を持つようになるなんて、あの日まで考えたこともありませんでした。

はじまりは、今から二ヶ月前の通勤電車内での出来事でした。

私は毎朝、同じ時刻の快速列車で通勤していて、その日も最寄り駅のホームで電車が来るのを待っていました。

夜更けに降り始めた雨がまだ止まず、ホームにいる人はみな傘を手にしています。九月になり夏休みが終わったからか、制服を着た学生の姿もちらほらと見えました。

人の列が待っているのは、八時一分発の快速列車です。通勤客の多い路線ということもあって、しばらくしてホームに滑り込んだ電車はすでにたくさんの乗客で混み合っていました。就職したばかりの頃はあまりの混雑ぶりに戸惑いましたが、五年目ともなればさすがにそれはもう見慣れた光景で、特に何とも思わず開いたドアへ歩を進めました。

乗車したあと、車両の奥まで行くと降りる時に困るので、できるだけ手前で立ち止まります。その日は降りる人と入れ違いで、ドアの真横に立ちました。

吊革よりは手すりに掴まる方が、濡れた傘が人に当たる心配をせずにすみます。私は背後の人の邪魔にならないよう、肩に提げていた鞄と畳んだ傘を、庇うように手前に収めました。

電車が走り出し、窓についていた雨粒が斜めに流れ落ちていきます。速度を上げた電車は住宅街を抜け、少しして、河川にかかる鉄橋を渡り始めました。

電車はこのあと、オフィス街のある都市部へと向かいます。到着までは、十五分ほど。遅延がなければ、八時半には会社に着きます。

私は窓の外を眺めながら、今日一日の仕事の段取りを思い浮かべていました。

今日は週初めだから、たぶんメールが溜まっているはず。担当社員の確認待ちで止まっている経費精算の連絡も、来ていると思う。それと、先週一緒に月次処理をした時、新人の三枝《さえぐさ》くんがわかりにくそうな様子だったから、午後にでも改めて説明をしよう。業務フローの資料は渡しておいたけれど、時間が空かないうちに一度おさらいした方がいい気がする。とはいえあんまり細かくフォローしていたら、プライドを傷つけてしまうだろうか。彼は前評判以上に要領がよく、一を聞けば十を知ってくれる。愛想があるタイプとは言えないものの、物怖じせず質問してくれるのもありがたい。けれど、それは自信の表れかも知れない。そうだとすれば、ある程度本人に任せないとやる気を削いでしまうだろう。どう接するのが正解か、それこそ手順書があればいいのに。

——あれ?

その時、体にこつんと何かが当たったような気がしました。腰に、ごつごつとした硬いものが触れているような。何だろう。確かめようにも車内は息苦しいほど混んでいて、振り返るどころか、身動きするのにも困るくらいでした。

これだけ多くの人がひしめいていれば、ちょっと何かが触れた? くらいのことはよくあります。きっと誰かの鞄か傘がぶつかったのだろう。むしろ、こちらが迷惑になっているかも知れない。そう思って、私はその何かから距離を取ろうとしました。

電車の揺れに合わせて、ゆっくり、ゆっくり。車両の壁際に立っているので大きくは動けませんが、私はできるだけ前に体を寄せました。

ようやく腰に当たるものがなくなり、ほっとひと息ついた時でした。なんとなく生温かい感触が、今度はお尻に。

——痴漢だ。

自分に触れているのが人の手の甲じゃないかと思い至った瞬間、体が竦み上がりました。ぎゅうぎゅう詰めの車内ではそこかしこが誰かと触れているけれど、お尻のそれにだけは、まったく別の意味があるように感じます。

思い違いじゃないのはすぐにわかりました。ふいと離れたそれが形を変え、覆うように体の曲線に被せられたから。

大きく広げた手にぐっと肉を摑まれ、全身にぞわっと鳥肌が立ちました。悲鳴は喉の奥で潰れ、声にはなりません。こんなに大勢の人がいる中で、他人に体を触られるなんて。初めて痴漢に遭った私は、ただただ手すりを握りしめることしかできずにいました。

頭では、やめてくださいと言うべきだとわかっていました。だけど周りに知られて注目を浴びるのは気まずいし、万が一にでも逆恨みをされたら恐ろしい。こちらは何も悪くないのだから毅然とした態度で拒めばいいのに、私にはその勇気がありませんでした。

手はそんな心を見透かしたみたいに、お尻を触り続けています。けれど、だからと言って放っておくわけにもいきません。私はもう一度腰を動かし、背後の手から逃れようとしました。

拒絶を示すつもりで体を縮ませ、距離を取ろうとします。それでも手は、しぶとく私をつけ回してきました。少し離れては、また触れて。まるで逃げ惑うさまを楽しむみたいに、執拗に。

やがてドアのそばにいた私は逃げ場を失い、無言の攻防は呆気なく終わりを迎えました。

私がこれ以上は動けず、声も上げられないと気づいてのことでしょう。初めは試しようだった手の動きが、ぐにぐにと粘土でもこねるみたいに大胆なものへと変わりました。

私は手すりにしがみつきながら、完全にパニックに陥っていました。

この手の持ち主は、なんでこんなことをするんだろう。欲望のためなのは間違いない。けれど、見つかればただじゃすまないことを、なぜ。他にも女性客はたくさんいるのに、私に狙いをつけた理由がわからない。私が拒めそうにないと思ったから？　ちょうどいい相手が他にいなかったから？　だいたいこんな卑劣なことをされて、私もどうして黙っているの。

車窓には、いつもと同じ景色が映っていました。毎朝渋滞している交差点。高校のそばにある踏切。この先にあるのは、快速列車は停まらない駅。ホームで電車を待つ人影が、すごい速度で流れ去っていきました。

痴漢はきっと、私のことなど何ひとつ知らなくてかまわないのでしょう。人格や、声や、名前さえも。今の私はいわば人形みたいなもので、性欲を満たすために使われているだけ。

また、肌が粟立ちました。ぞくぞくとした震えが起こるたび、痴漢に踏みにじられたものが体から剝がれ落ちていくように感じます。何者でもなくなった私を、それでもその手は変わらず触り続けていました。

お尻にあった感触が、スーツにくるまれた丘を滑っていきます。閉じ合わせた腿のつけ根をひと撫でされると、足を踏み外した時みたいにふらつきそうになりました。

気づけば私は、指が白むほどきつく手すりを握っていました。何かに掴まっていないと、崩れ落ちてしまいそう。まるで体を支える軸が、そこにあったはずの理性が、ぐにゃぐにゃに溶けてしまったみたいに。

私は自分の体に起きていることが信じられませんでした。膝が震えるほど怖いのは確かなのに、その手に指し示されたところが堪らなく熱い。さっきまで抵抗の声を上げなきゃと思っていたのに、今は、声が出ないよう唇を噛みしめている。

後ろから伸びた指が、谷底を強く突き上げました。布に閉ざされた扉をこじ開けるように、ぐっぐっと何度も。揺さぶられるたび、固く結んだ唇が解けそうになりました。

どうして、私――。

足を踏みしめた時、車内に次の駅名を知らせるアナウンスが流れ、私がはっとして顔を上げると、手はどこへともなく去っていきました。

駅に到着しドアが開くと、雨の匂いがあたりをすり抜けていきました。と同時に、後ろから押され、私も慌てて電車から降ります。途中、そっと周囲をうかがいましたが、ホームを行く人はみな気忙しそうに前を向いてばかりで、どの人が私の後ろにいた人かなんてわかりようもありませんでした。

私は立ち止まる間もなく改札を出て、傘をさし、会社へと向かいました。職場のあるオフィスビルのエレベーターに乗り、降りてすぐ、フロアの入り口に背を向け、トイレへ。

ふたつとも空いている個室の、奥の一室。閉めたドアに鞄をかけ、傘は下に立てかけました。ふと、足元が跳ねた泥水で汚れているのに気づいたけれど、そんなこと、今はどうだっていい。私はせわしない鼓動に突き動かされるように、立ったままスカートの裾を捲り上げました。

ストッキングごと下ろしたショーツは、言い逃れができないほどじっとりと濡れていました。布地の中央で妖しく光るそれは、劣情の痕跡。私自身が零したものだとわかりきっているけれど、それでも確かめずにはいられなくて、私は生傷に触れるみたいにそうっと指を下ろしました。くしゅくしゅした和毛。その奥に、余熱でぐずついた泥濘《ぬかるみ》。

「なんで……っ」

胸に鈍い痛みが広がり、鼻の奥がつんとしました。

痴漢されて濡らすなんて、何かの間違いに決まってる。私が悪いんじゃない。あの痴漢のせい。私がおかしいんじゃない。否定しようとすればするほど、言い訳がましくなるのはどうして。

ずいぶん長く踏み留まったつもりだったけれど、もしかしたら、ほんの一瞬に過ぎなかったかも知れません。

私の指は迷子にでもなったみたいに、ふらふらと泥濘を進んでいきました。上へ、上へ。あわいの綴じ目まで登ったところで尖りにぶつかると、熟れた莢から種子が弾け飛んだような刺激が走りました。

瞬く間に全身に撒き散らされたそれは、紛れもなく快感でした。それも今までに一度だって味わったことがないくらい、鮮烈な。

立っていられず、私は便座にへたり込みました。仰ぎ見た天井には、ダウンライトの丸い灯りが揺らめいています。まるで水底から見上げたみたいに、ぼんやり、ゆらゆらと。

「……気持ちいい」

涙声が零れた時、こちらに近づいてくる足音が耳に飛び込んできました。

私は急いで眦《まなじり》を拭い、立ち上がって服を直しました。水を流す音に紛らせて洟《はな》をすすっていると、誰かの足音がトイレへと入ってきました。

この階にあるのは私たちの会社だけなので、今やって来たのも同僚の誰かでしょう。鉢合わせになるのは避けたいけれど、長居しても不自然に思われるかも知れません。

私は隣のドアが閉まったのと入れ違いに個室を出て、正面の手洗い台でさっと化粧を直しました。うっすら赤みの残る頬をファンデーションで押さえ、眼鏡をかけ直します。

目の前にいるのは、ほんの数時間前、自宅で化粧をする時に見たのと同じ自分の姿です。まとめ髪、眼鏡、目元が赤いのはすぐ治まるでしょう。振り返って見た背中側も、すべていつもどおり。おかしなところは何もない、はずなのに。

なかなか動き出せずにいると後ろから水を流す音が聞こえ、私は逃げるようにしてその場をあとにしました。

閉じただけだった傘をスナップボタンで留め、エントランスの傘立てに仕舞います。そ

して鞄から出したＩＤカードを、ドアにあるリーダーにかざしました。

不意に苦しくなり、深く息を吸いました。ピッと開錠の音がしてから、もう一度。ドアを開けて真っ先に見えたのは、コピー機の前にいるいずみ先輩――社長の姿でした。

このオフィスは開放的なレイアウトになっているので、入り口から部屋の端まで見渡すことができます。入ってすぐには木調の円卓が並ぶ応接兼ミーティングスペースがあり、少し離れて、デスクの島がある執務スペースへと続いています。内装がカフェのような雰囲気なのは、顧客が飲食店だからというより、単に社長の好みによるものでしょう。「どうせなら気分よく働きたいじゃない」と言っていた当の本人に近づくと、彼女はコピー機の前にしゃがんで難しい顔をしていました。

ブラウスは濃色だから大丈夫そうだけれど、そんなにべったり両膝を床について、パンツスーツが汚れてしまわないかが少し気がかりでした。側面のカバーを外されたコピー機と、頬にかかった髪をうっとうしそうに搔き上げるしぐさとでトラブルが起きたことを察しながら、私はさりげなく彼女に声をかけました。

「社長、おはようございます」

「あ、香月！　おはよう」

こちらに顔を上げた社長は、そう言ってすぐ目線を前に戻しました。

「いつもの時間に来ないから、もしかして今日は休みかと思ったわ。電車が遅れでもした？」

「いえ、そういうわけじゃないんですけど」

それ以上、何か言われたわけでもないけれど、私は鞄をタイルカーペットの床に置き、社長の隣に膝をつきました。

「コピー機、また調子が悪いんですか?」

「そうなの。印字はかすれるし、紙は詰まるし」

誰かに任せてしまえばいいのに、何事も自分でやってみないと気が済まない人です。それを知っているから、すでに出社している他の同僚たちも手を貸さず、遠巻きに見守っています。

排紙トレイには、印刷された商談用の資料が数枚。白い筋が入り、薄くぼやけたその紙を見ていると、後ろから総務の瑞野《みずの》さんが顔を覗かせました。トイレから戻ったところのようで、手には化粧ポーチがあります。

彼女は私に軽くおはようと言ったあと、近くの自席に座りながら社長に呆れ顔を向けました。

「ほら社長、もう香月さんに任せたらどうです?　それ以上弄ったら余計におかしくなりますって」

どうやらこの手の会話は、すでに何度か交わされたあとだったようです。椅子にもたれかかった瑞野さんが、からかうように続けます。

「社長、そういう機械と相性悪いんだから。このあいだだって、家の炊飯器壊したんでしょ？」

「久しぶりに使うから洗ってみたら、ちょっとね。水が入って表示が映らなくなっただけで、まだちゃんと炊けるわ」

あっけらかんと答えながら、社長はその場に立ち上がりました。

「ま、炊き方は選べなくなったけどね」

まるで何でもないようにつけ足し、ぐっと腰を伸ばします。そんな豪胆なところが社長の美点ではあるけれど、少しばかり雑だと言えなくもない。同じように思ったらしく、私と顔を見合わせた瑞野さんは苦笑いを浮かべたあと、自分の仕事に戻りました。

私は会話の輪から外れた彼女に代わり、そのまま話を続けます。

「こんな感じに印刷が白くなっちゃうこと、一昨年もありましたよね」

「そうだっけ？」

「あの時は出張修理で部品を交換してもらいましたけど……また繰り返すようなら、買い替えも考えた方がいいって話でしたよ」

コピー機の側面に回ると、剝き出しになった部品の隙間からくしゃくしゃの紙がはみ出ていました。社長が引き抜くのに失敗したようで、覗いている部分はちょっとだけ。

私は乾いた熱気を放つ箇所に触れないようにしながら、破れた紙を引き抜きました。ローラーの向きには逆らわず、焦らず、ゆっくり。

様子を見ていた社長が、コピー機にぽんと手をのせました。

「中古にしてはよく働いてくれたけど、そろそろ寿命かな」

その呟きと同時に、挟まっていた紙がするんと抜けました。タイミングのよさをおかしく思いながら、皺くちゃのそれを脇に置きます。紙詰まりはこれでいいとして、次は印字。以前、修理に来た技術者に教わったクリーニングの作業をして立ち上がると、社長がまるで悪巧みを打ち明けるみたいに私に耳打ちをしました。

「この際奮発して、最新モデル買っちゃおうか」

「それはありがたいですけど……安い買い物じゃないですから、ちゃんと柘植さんに相談してくださいね」

経理課長の名前が出た途端、社長は渋い顔をしました。

「直せばまだ使えるのひと言でおしまいでしょ。だから香月に言ってるんじゃない」

会社が税務調査で褒められるほど健全な財務体質でいられるのは柘植さんのお陰だと、そう言っていたのは社長自身です。だからこれは愚痴や文句ではなく、付き合いの長い相手へのただの軽口でしょう。ほんとケチよねというひと言が特に小声だったのは、その本人がすぐ後ろを通りがかったから。

私は私で、声を潜めて応じます。

「柘植さん、飲み会で酔った時に嘆いてましたよ。節約しろって言うとみんなにうるさがられて寂しいって」

「やだ、そんな可愛らしいこと言ってたの？　いつもの仏頂面が形無しじゃない」

「え？　ええ、まあ……」

「顔に似合わず繊細なのよね」

社長が吹き出したのにつられて、私も笑ってしまいます。

居心地のいい職場。普段どおりの光景。なぜだかほっとしていると、喉がむず痒くなって小さな空咳が出ました。一回きりのその乾いた音を聞きつけて、社長が首を傾げます。

「あれ、やっぱり風邪？　さっきも、ちょっと鼻声っぽい感じだったけど」

「いえ――」

手が口元へと動いた拍子に、また変な咳が出そうになりました。

私は操作パネルを押しながら首を振りました。

「風邪なんか引いてないですよ」

「ならいいけど、いろいろ任せちゃってるから。何かあれば無理しないですぐに言ってよ」

実は今朝――いいえ、まさか言えるわけがありません。

「大丈夫、本当になんともないですから」

テスト印刷されたエラー履歴に残っていたのは、給紙エラーが数件。印刷そのものはできていたからか、印字のかすれについては何も書かれていません。この文字を見る限り、直ったようだけれど。

一緒に見ていた社長が手を叩きます。

「さすが。ありがとう、助かったわ」

「次におかしくなった時は、ちゃんと見てもらった方がいいと思いますよ」

「そうするわ。まだまだ働いてもらわなきゃね」

社長のあとに続いて自分の席へと向かいながら、手がまたひとりでに口元をさすろうとしていました。

風邪を引いたわけでも、体調が悪いわけでもないけれど、体には言いようのない違和感がありました。咽《む》せそうになっているのは、喉よりもずっと奥の方。腹の中に、もやもやとした何かが燻《くす》ぶっているような。

きっとこれは罪悪感だ。そう思ってみたけれど、その何かはいくら時間が経っても薄まることなく、私の内側を漂い続けていました。


翌朝。私はいつもと同じ時間に目覚めました。携帯電話のアラームが鳴る、ちょっと前。カーテンの隙間から漏れる光と音とで、まだ雨が降っているのがわかりました。

天気予報によれば今日も終日、雨。残暑が和らぐのはありがたいけれど、長雨も困る。どっちつかずの気温は着る服に悩むし、それでいて夜は冷えたりするから、油断すると本当に風邪を引きかねないと、そんなとりとめのないことを考えながら身支度をして、私は家を出ました。

自宅から歩いて十分ほどで、最寄り駅が見えてきます。タクシーや送迎の車が停まる駅前のロータリー。駅の入り口には、大きな時計。遠目にもよく見える針が、七時五十分を指していました。

改札にある電光掲示板に、遅延の情報はなく。

ホームに入り、濡れた傘片手に私が並んだのは、駅名が掲げられた柱のすぐそば。五両目、先頭寄り一番端のドアが停まる位置。いつもの場所。

肩に提げた鞄の持ち手を握りしめながら、私は自分に尋ねてみました。

どうしてまた同じ電車に乗ろうとしてるの？　何年も続けていた習慣を急には変えられないから。また昨日と同じ目に遭ったらどうするつもり？　まさか二日連続ってことはないでしょ。

本当にそう思ってる？

頭上から、電車の接近を知らせるメロディーが流れました。

電車は、今朝もひどく混雑していました。奥まで行くと降りる時に困るので、できるだけ手前で立ち止まります。ドアの横が空き、私は手すりに手を伸ばしました。

ドアが閉まると、まるで喧騒から切り離されたみたいに車内は静かになりました。周りは人がひしめいているのに、誰ひとりとして口を開いていないとこんなにも静か。その代わり耳元では、絶えず走行音が鳴り響いています。初めはごとんごとんと緩やかに。やがて、ゴーッと耳鳴りみたいに。

私は窓の外に目をやりました。

のどかな住宅街。秋雨に煙る空。川を渡る鉄橋。渋滞している交差点に、踏切。通過する駅には、電車を待っている人の姿。ほら、どこもかしこもいつもどおり――そう思いかけた時、腰に、何か触れるものが。

私は息を飲み、そっと俯きました。お腹の底が、ずくんと鈍く痛みました。たとえばもし誰にも私の声が聴こえなかったとしたら、きっと恥ずかしげもなく声を漏らしていたはずです。

後ろから伸ばされた手は、最初、どこか遠慮した動きで腰のあたりを彷徨《さまよ》っていました。下へ動きかけたかと思っても、すぐに腰ともお尻とも言えない微妙な場所に戻ります。そのくせ私がわずかでも逃げるそぶりを見せると、隙間を作ることなく追いかけてきました。

右に行っても左に行っても、手はついてきます。ひとたび前に行けば、その手が待つ後ろにはもう戻れません。そうこうしているうち、私は昨日と同様車両の壁にぶつかり、それ以上動けなくなりました。背後にある手に退路を塞がれているのも、昨日と同じ。

ただひとつ違うとすれば、昨日は不敵なほど大胆だった手つきが、今日はやけに用心深いような気がしたこと。

私に接しているのは、指先だけです。肌に感じたのは手のひらみたいな面ではなく、小さな点。その指はまるでひと筆書きのように、スカートの上にか細い線を描いていました。

きっと、じっくり時間をかけて確認しているのだと思います。私が本当に拒絶の声を上げない、安全な相手かどうか。それに、どこまでの侵入を許すのかも。

腰のきわ、尻たぶの丸み、スカート越しでもわかるらしい下着のライン、腿、尾てい骨。中心へと迫られながら、私は心の中で悲鳴を上げました。

やめて。これ以上触らないで。押しつけないで、追い詰めないで、暴かないで——なら、さっさと声を上げればいいのに、私はそうしませんでした。唇をちょっとでも開いたら、真逆の言葉を口走ってしまう気がしたから。

その指づかいはやけに慎重で、奥まったところに向かいかけた頃には、すでに次の到着駅が近づいていました。

間もなく車内にアナウンスが流れ、手は締めくくるようにぐっと肉を摑んだあと離れていきました。列車が速度を落とし始めてもなお顔を伏せたままでいる私を、背後の人物はどんな思いで見ているだろう。

よろめく足で電車を降りると、私は周りの人に倣い、平静を装いながら通い慣れた歩道を進みました。無理やりにでも前を向いていないと、尾を引く余韻の重さで歩みが止まってしまいそう。摑まれた時の爪の感触が、まるで体に食い込んだみたいに消えませんでした。始業のチャイムが鳴り、仕事が始まっても、ずっと。

その日の午前中は取引先に請求書の確認を取り、帳票のデータから経営会議で使われる資料の準備をして、午後には三枝くんのセキュリティ研修をしました。内容は、情報漏洩への対策だとか、法令遵守といった堅苦しいもの。難しい顔で聞いていた彼は、話がSNSやスマートフォンを利用する際の注意事項に及ぶと、持ち前の毒舌で「意外とうるさく言われるんですね」と零しました。「普通にしていれば大丈夫よ」とフォローしたけれど、薄っぺらな台詞に感じたのは、私だけじゃなかったかも知れない。

仕事帰りには閉店間際のスーパーに寄り、自宅で簡単な夕飯を作りました。ぼんやりニュースを眺めながら食事をとり、シャワーを浴びて、ベッドに入り――そんな代わり映えのしない一日の終わりに目を瞑ると、朝からずっと途切れることなく伸びていた長い長い余韻の尾が、夜を跨ぎ、翌朝へとたなびいているのが見えました。

次の日、私はまたいつもと同じ快速列車に乗りました。さすがに今日はもうないだろうと思いつつ、もしかしたらという思いも拭えないまま。そしてまたもや現れたその手は、スーツと私自身に歪な皺を残していきました。

次の日も、その次の日も。

通勤電車に乗らない週末、私は無意識のうちに月曜の朝を思い浮かべていました。あの痴漢はまた現れるだろうか。数え切れないほどの人混みの中から、私の背中を探して。

半月が経ってもなお、その人は毎朝私の背後に現れ続けていました。

私は季節が変わるのを口実に、服と下着を新調しました。

なにも下着まで見せようというわけじゃありません。それは嘘じゃなく、本当に。ただ、そこまで私にこだわってくれるなら、こちらも何か応えるべきかと思ったんです。

それがおかしいことなのはきちんと理解しているつもりです。ひどく愚かなのも、もちろん。だけど、秘密を抱えながら駅に向かう足は、どうしてだか前より少し軽くなったような気がします。

おろしたての下着を身に着けた私は、電車に乗りながらさりげなく周囲に目を配りました。

私には誰がそうかなんてわからないけれど、相手は私をわかっているはずです。それに秘密を共有するその目には、私の感情も全部透けて見えるに違いありません。ドアの横、手すりの正面。端から行き止まりの場所に私がいるのが何を意味するかも、群衆に背を向け、肩に提げた鞄を胸に抱えている理由も。これがもし吊革を摑んでいたとしても、案外すぐに見抜かれると思います。私の中でずっと燻ぶり続けていた期待が、頰を赤く染めさせているだろうから。

羽織っているジャケットを暑く感じ始めた頃、背後に気配が――。

その日を境に、腿にぴったり張りついた手が、スカートをにじり寄せながら這い上がるようになりました。たぶん、私のはしたなさを、あちらが正しく嗅ぎ取ったのでしょう。遠慮の消えた大きな手のひらに双丘を覆われると、指先はふたつの丸みが集まる箇所まで届きました。

私の肌はまだストッキングとショーツに守られていたけれど、そんなこと向こうは気にも留めていないようでした。

薄布の手触りを楽しむように撫でさすられたり、指先を強く押しつけられたり。ある時には翳りつくように握りしめられ、またある時には、布越しに窪みを探られたりもしました。

電車の揺れに乗じて手はどんどん不埒《ふらち》になり、次第に私も、その行為に身を委ねるようになりました。

声も出さず、身動《みじろ》ぎもせず、深く俯きながら秘密に耽《ふけ》る日々。揉みしだかれ、引っ搔かれ、疼《うず》く花蕾を爪弾《つまび》かれて、誰にも言えない埋火《うずみび》を抱えたまま電車を降りる——いつしかそれが、私の日常になっていました。

その人は、いつも決まったタイミングで現れます。駅を出発した電車が鉄橋を渡り、踏切の音がうっすら聞こえるあたり。混雑した車内で移動して来られるわけがないので、おそらく私が車内で立ち止まった時にはもう、相手は近くにいるはずです。乗車する時に顔を上げていれば、目ぐらい合うかも知れませんが、私はあえてそれを確かめようとはしませんでした。

電車が走り始めてから、到着駅のアナウンスが流れるまで。雑音が遠のいた車内はとても現実とは思えないほど静かでした。

ほとんど習慣となったその秘めごとに変化が起きたのは、九月も終わろうとしている頃。ついに手が薄布の境界を越え、ショーツの中へと侵入してきたのです。

音も立てないほどゆっくり下ろされたショーツは、くるくる丸まり太腿のつけ根で止まっていました。前は私が鞄で隠しているし、後ろは相手の体で周りからは遮られていると思うけれど、下手をすればバレてしまう。私はひやひやしながら、それ以上に胸を妖しくざわめかせていました。

これまで布を隔ててしか知らなかった手の感触。生身の体温。節くれ立った温かなそれが、火照った体をさらに滾《たぎ》らせます。

手は、肌に籠もる熱をあますことなく吸い取るように、じりじりと距離を縮めていきました。

ほんのちょっとのわななきでも相手に伝わると思えば、なおさら震えてしまいます。じれったいほどの歩みは、どこへ向かっているんだろう。私は唇を噛みしめ、次の刺激に身構えました。

けれど谷の淵まで辿り着きながら、手は坂道を滑ったり登ったりするばかりで深みに落ちてこようとはしません。もったいつけているのか、それともされるがままでいる私の痴態を楽しんでいるのか、相手がどういうつもりかわからず、私はただひたすら与えられる刺激に身悶えるしかありませんでした。

もうひと思いに触れてくれればいいのに。あとちょっとで駅に着いてしまう。灯された火を吹き消してもらえないまま、会社に行かなきゃいけないなんて。

恐れたとおり、核心に触れられるより前にアナウンスが流れ、私は重くなった頭を持ち上げました。

その人はいつも、到着駅を知らせるアナウンスを合図に手を離します。しかも少しの名残惜しさも感じさせないくらい、潔く。だから今日もこれでおしまい。そう思いました。でも去り際、手がショーツの中に何かを残していったのです。

ショーツとストッキング、それにスカートは元どおりにされたけれど、肌とショーツのあいだに何かが挟まっていました。痛くはないものの少しちくちくする、薄くて小さな何か。

私は会社に着いてすぐ、トイレでそれを確かめました。ショーツを下ろすと、そこには何度も折り畳まれたメモ用紙が――。

『きみの名前は？』

広げた紙にあったひと言を、私は心底驚きながら見つめました。

意外でした。まさか向こうが私のことを気にしているなんて、思ってもみなかったから。

翌日、電車に乗る私は、ショーツの中に紙を忍ばせていました。

自宅でその紙を用意する時にはフルネームを書きかけ、一度破り捨てました。この期に及んで考えなしな女だと思われたくないなんて、自分でも呆れ果てます。浮かれそうな気持ちと、精一杯の警戒心との狭間で悩んだ挙げ句、紙にはひと言だけ『菫《すみれ》です』と書きました。

そんなことをしている自分をおかしく思ったし、当然、躊躇いもあったけれど、本当は少し、嬉しかったんです。相手が誰でもいいわけじゃないんだと言ってもらえたみたいで。

紙が肌に擦れるたび、そわそわとして落ち着きませんでした。あの人が現れるとしたら、もうすぐです。鉄橋、交差点、それから踏切——背中に体温が迫るのを感じると、うなじがじりじりと焦げたみたいに痺れました。

いつもどおり現れたその人は、そっと私のスカートをたくし上げ、すぐに紙の存在に気づいたようです。ショーツに潜った手が、紙を抜き取っていきました。

そばだてていた耳に届いたのは、紙を開く微かな音と、吐息ほどの小さな囁き。

「——スミレ」

柔らかな響きに、どことなく陰りのある低い声でした。

そういえば私の名前は花だった。そんなことを思い出したのは、どうしてでしょうか。あの花みたいな青みがかった声のせいかとも思ったけれど、違うかも知れません。

私は、高鳴る鼓動を抑えられずにいました。ぎゅうっと締めつけられたみたいに胸が痛い。顔が熱い。私、本当にどうしたんだろう。

再びショーツに戻った手が、汗ばむふたつの膨らみを撫でました。壊れものを扱うみたいに優しく、丁寧に。立ち眩んだみたいに力が抜けている私の脚に、その人は膝頭を重ねました。

相手が私の名前を知っただけだというのに、されることすべてに意味が宿ったように思えました。それが錯覚だとしても、相手と重なったところは確かにあったかい。

私はそれとなく体重を後ろに預けてみました。するとその人は、少しも動いたりすることなく寄りかかった私の背中を支え続け、アナウンスが流れると、スカートを元どおりに直して離れていきました。

ホームに降り立つ時、かくんとよろけた私をもし彼が見ていたとしたら、きっと笑われていたに違いありません。私の足取りが怪しくなった理由を、彼だけは知っているのだから。


それからというもの、たびたび小さなメモ用紙が私の元に届くようになりました。そこに書かれていたのは——〝誘導〟でした。

『明日の朝は、こう想像するんだ』

いつもそのひと言で始まる文章に、私は何度も目を通しました。内容とかけ離れた丁寧なその文字を時には声にまで出して暗記し、そして想像で胸を膨らませながら、また八時一分発の快速列車に乗るのです。

私はすっかり、日ごと重ねられる秘密に囚われていました。頭の中では屈折した思考回路が、当たり前のように誤った演算を繰り返します。胸がどきどきする。それこそ恋でもしている時みたいに。場所もかまわず求められるなんて、もしかして、喜ぶべきことじゃないだろうか、と。

電車が走り出し、やがて景色がカウントダウンを始めます。鉄橋、交差点、踏切——。ぬくもりに背中を覆われ、私は前日に受け取っていたメモの中身を反芻《はんすう》しました。想像するよう告げたあと、律儀に一段下げて書かれていた一文。

『菫は、電車で犯される』

スカート越しに中心を触られ、にわかに体が強張《こわば》っていきました。改めて、今日はここをと、言われたみたいでした。

犯されるんだ。こんなにたくさんの人がいるところで。

本当にされるわけじゃないと高を括るような気持ちの裏で、本当にされたらどうしようと、下腹を疼かせる自分がいました。

あのメモには、こう続けられていました。

『俺の指をペニスだと思って』

自宅で読んだ時、とんでもなくいけないものを目にした気持ちになったけれど、今となってはもう、私にまともぶったことを言う資格なんてありません。今日履いている下着が、そのいい例です。このあいだ初めて買った、ガーターストッキング。一枚、捲る手間を省いた私のお尻に手をのせると、その人はショーツのクロッチを横にずらしました。

どこよりも隠しておきたい場所なのに、そこだけを剝き出しにされた危うさが、足元を覚束《おぼつか》なくさせました。肌寒いくらいすうすうとしているのに、意識するほど体は羞恥で熱くなります。

指はなだらかな稜線《りょうせん》をふたつに割るように、後ろへと進んでいきました。いやに滑らかで、ねっとりとした動き。途中で止まったかと思うと、指はその場で軽い足踏みをしました。

水たまりで遊ぶようなその音が、こちらまで聞こえた気がしました。電車の中で耳にするにはあまりに不自然な、ぴちゃぴちゃという水音。これ以上大きく響かないよう体を縮こませてみたけれど、それにどれだけの意味があったでしょう。

『周りにバレないよう必死で隠そうとしているところを、犯すから』

メモにはそう書かれていたけれど、私の目はもう、周りを映してなんかいません。他の乗客にバレるのを何より恥ずかしがっていたのは最初だけです。

今の私が恥じているのはむしろ、この手に対して。いくら周囲に隠しおおせても、私に触れる張本人には、私の体が公衆の場で辱めを受けながらどうなっているか、つまびらかに知られているはずです。

答えを教えるように、手がゆっくりと私の太腿を撫でつけました。どれだけ自分が濡れているか思い知るには十分なほど、ぬるりとした手。まだ触られて間もないのに、こんなに濡れるはずがありません。きっと私は、ホームにいた時から心待ちにしていたのだと思います。メモに記された言葉どおりこの手に犯されることを、もしかしたら、今日よりもずっとずっと前から。なんて卑猥で、浅ましくて……。

——いやらしいな。もうこんなに濡らしたのか。

頭で響いていた自分の声が、いつの間にか薄青のそれにすり替わっていました。私は言いつけを守り、彼が言うだろう台詞まで事細かに想像しました。

――ここも触られたい？

そう言われた気がしたのは、指先が陰芯をつんと小突いたから。ちょっと指をあてられただけで、びくんと跳ね上がりそうになりました。

反射的に腰が逃げたけれど、手は一度触れたその場所をもう覚えたようで、私が膝を擦り合わせて狭くなった隙間を、縫うように進んできます。

私は、今にも零れそうな声を懸命に抑えました。ただ独りよがりに触られるだけならまだしも、その動きは明らかに、私の性感を引きずり出そうとしていました。

蜜を絡めた指先で、揺り起こすように隠れた種をくすぐられました。ひとしきりそこを芽吹かせておきながら、指はふらりと離れます。ぐるりぐるりと遠巻きに円を描かれると、置き去りにされた中心がしゃくりあげるように疼きました。

ようやく指が戻った時、中心は泣き腫らしたみたいに膨らんでいたはずです。軽く押されただけで、火の粉を散らしたように目の前がチカチカして、しごくように擦られれば、舞い散る火の粉は視界を埋め尽くすほど眩く、大きくなりました。

食いしばる歯が、小刻みに震えていました。絶対、不審に思われるわけにはいかないのに、少しでも力を緩めたら、色づいた息が漏れてしまう。

ふと気がつくと、腰の左側に鞄を持つ男性の手が見えました。もしかしたら、体がまた強過ぎる刺激から逃げていたのかも知れません。手はそんな私を捕まえるように、さりげなく前に回されていました。

――動くなよ。やりにくいだろ。

ぐっと腰を引き寄せられた時、お尻の左側に何か熱を持ったものがあたりました。大きくて硬い、私の体のどこにもない感触。無意識のうち、ごくっと喉が鳴りました。想像の彼が、ちょうど電車が揺れたのをいいことに、私は後ろにお尻を動かしました。それを挿れやすいように。現実の彼が、ほんの少しでも気持ちいいように。

――はしたないな。誘ってるのか。

その呆れ声は私の頭で響いたものだったけれど、案外彼も、同じ気持ちだったんじゃないかと思います。背後でわずかに笑ったような気配があったあと、秘処にのる手が再び動き出しました。

指が、薄い重なりを開くようにゆっくり花溝を滑ります。前から後ろへ続けざまに。そして今度は後ろから前へ。そうやって往復を繰り返しながら、指は窪みを何度も素通りしました。

とっくに場所は知っているはずなのに、どうして。待ち惚けたそこが、とろりと蜜を流したのがわかります。恥ずかしくて、もどかしくて、腰が勝手に揺れました。するとその人は、どうかした？　とでも言うように手を止めるのです。

私は動こうとする体を押さえ、無言の催促をしました。

お願いです。ほんの数センチ先にあるそこに、指をください。ひびの入った器みたいに、たらたらと愛液を零すその場所に。私だって自分の淫らさには呆れています。でも、今日はもう、いつもみたいに電車を降りたくないんです。一番深いところに触れられたくて、堪らない。

俯くと、すぐそこに鞄を持つ手がありました。もしもその手に触れれば、この気持ちは伝わるでしょうか。けれど万が一、拒絶や制止だと勘違いされてしまったら。

私は、おずおずと腰の角度を上げました。恥だとか常識だとか、そんなことは忘れていたい。駅に着くまであと少し。だから今は、まだ。

願いを聞き届けたように数本の揃えた指がひくつく窪地にあてがわれ、何かを尋ねるみたいに、ぴたりとそこで止まりました。

――菫。メモには、続けてなんて書いてあった。

足元がぐらぐらと揺れていました。指は返事を待つように佇んだまま。

あのメモに書かれていた、次の一文は。

『あそこをぎちぎちに塞いで』

数秒の間が空いたあと、指は私の中へ爪先を埋めていきました。蕩けた細道を開きながら、つけ根まで全部。

満ち潮みたいな陶酔に襲われ、体が呼吸を求めました。みるみる水嵩《みずかさ》が上がって溺れてしまいそう。揺さぶられるたび水面が波打ち、息ができない。もう頭までひたひたに浸っているというのに、指はさらにその数を増やし、私に追い打ちをかけました。

何本かなんて数えられないけれど、隘路《あいろ》はいっぱいにまで広がっていました。窮屈で、重苦しい。嬌声も甘痒さも、何もかも閉じ込めておくための栓をされたみたい。

それがじっと動かないでいると、自らのひくつきがこだまみたいに跳ね返ってきます。ゆるゆる動かされると、塞がれた蜜口がねだるように指を締めつけているのがわかりました。

逃げ道がないせいで、体内の劣情は溜まる一方。なのに指はさらに綻びを押し拡げ、内奥を探り始めました。

浅いところ。恥骨の裏。尿意を誘うところ。奥行きのある、深い愉悦を迸《ほとばし》らせるところ。再びそこを抉られた瞬間、熱水のように沸き立った劣情が、私を高みへと押し上げました。

もう、戻れない。そんな予感がしました。この螺旋階段は、きっと進むごとに踏板が崩れ落ちていく。後戻りのできなくなった体は、私自身の戸惑いを無視したまま頂上を目指して駆けていきました。

――まさか、こんな場所で本当にイクの。

そんな、待って、だめ、だめ。うわごとめいた呼吸を聞きつけたように、その人は容赦なく私を責め立てました。

さっき探し出された、体がよじきれそうになる場所を幾度となく突かれると、潤んだ嘆息が喉元までこみ上げました。咳払いで誤魔化そうとすれば、指は下手な演技を笑うようにますます私の中で蠢《うごめ》きます。ぐじゅぐじゅと激しく、速く。ほとんどつま先立ちの私を

串刺しにしながら、何度も、何度も。

頂きで弾けた恍惚は、私の五感を真っ白に塗りつぶしました。視界も音も、全部散り散りになったあと、残っていたのは気持ちよさだけ。

私の肩から急にくたっと力が抜けたからか、それとも靡肉のひくつきでわかるものなのか、相手にも絶頂は伝わったようでした。

一時、動きを緩めた指が、話しかけるようにとんとんと内側を突きます。

――まだ終わりじゃない。続きがあったはずだろ。

酸欠になって頭がぼんやりとしていました。相手の考えに気づいたのは、ぐうっと最奥にまで指を入れられ、子宮口を揺さぶられた時。

『菫がイッたら、俺も中に精液を出す』

指を引き抜かれたとしても少しだけ。奥へ奥へと突き進む、果てるための最後の律動。

これはただの真似事だと、わかっているのに。

――こんなことで昂奮するなんて、変態なんじゃない？

それは彼の言葉のようで、私自身の声でした。そんなわけないと思っていたかったけれど、もう無理かも知れない。他人に触らせるべきじゃない深層を弄ばれて、下腹がふるふるとわななきました。絶頂とも余韻とも違う、手招きをするような欲深い震え。

埋められた指は、ほとぼりの冷めない膣内をやんわり掻き回していました。セックスのあとそっくりの揺れに身を任せながら、私は頭の中であのメモを読み返していました。

『明日の朝は、こう想像するんだ。菫は、電車で犯される。俺の指をペニスだと思って。周りにバレないよう必死で隠そうとしているところを、犯すから。あそこをぎちぎちに塞いで、菫がイッたら、俺も中に精液を出す。どれだけ想像できたか、明日になればわかるよ』

言いつけどおり想像できたはずです。たった一度耳にしただけのあなたの声で、言われてもいない言葉を聞いたつもりになるぐらいだから——私はそこで、ひとつ勘違いをしている気持ちになりました。もしかしたらあのメモは〝誘導〟ではなく、〝宣言〟だったのかも知れない。

犯されたと思いました。彼にだけじゃなく、自分自身にさえも。与えられた快感と、想像で創り出した快感。その狭間で私、どうしようもなく感じていました。これで現実には犯されていないなんて、どの口が言えるだろう。

内心自嘲しながら後ろを振り向こうとして、やめました。私が動いたら、たぶん腰にある腕は去ってしまう。駅まであとわずか。まだくっついていたいと思う私は、よっぽど淫乱なんでしょう。誰かもわからないあなたと、離れがたいだなんて。電車が止まってしまえばいいと思うなんて。

通勤電車での奇妙な逢瀬は、それからも続きました。メモが渡される日もあれば、ない日も、時には生理と重なる日もありました。

そうなって初めて、私は鞄を持つ彼の左手に触れました。

こわごわ指をのせると、私のお尻にいたもう片方の手が動きを止めました。合図を送るように左手の甲を軽くつついてから、「せいりです」と指文字を書くと、ちゃんと伝わったかどうか心配になった頃になって、

「残念」

とごく小さな声が聞こえ、寄り添っていた腕のぬくもりが私から距離を置きました。

その時の逡巡《しゅんじゅん》は、数秒もなかったと思います。

私は背後に向けて手を伸ばしました。緊張する指先が着地したのは、スーツのさらさらした布地の上。腿のあたり。何も言われないのを暗黙の了解と受け取り、私は指を動かしました。

こちらに触れられないお詫びにと思ってのことだったけれど、手が硬さのあるものに行き当たると、妙に嬉しくなりました。

彼はといえば何の応答もなく無言で、さすがに引かれたかと思っていたら、それとなく体がこちらに向きました。周りから、私の手を隠してくれたのだと思います。

私はぎこちない手つきで、伸びる幹の輪郭を撫でました。包んでみたり、さすってみたり。立ち上がりがより強張ったのを感じると、こちらの心臓まで共鳴したみたいに早鐘を打ちました。

これは昂奮のしるし。共犯の証拠。お詫びだというのは建前で、本当は、私だけ高ぶっ

ていたわけじゃないと確かめたかったのかも知れません。

しばらくその感触をなぞっていたのですが、そのうちにそっと手を繋ぐように引き剝がされてしまいました。まだ最後までは終わっていないはずなのに、どうして。名残惜しくさえ思っていると、終了を知らせるアナウンスが耳に届きました。いつの間に十五分も経っていたのか、窓から望む景色は、とっくに到着駅付近のものになっていました。

彼に放された左手で慌てて鞄を持ち直していると、ふと、うなじに息がかかった気がしました。冷静さを取り戻すためにされているらしい、憂いのある深い息遣い。色のある息を吹き込まれた体が、火を熾《おこ》されたみたいにぼうっと熱くなりました。

少しも触れられてはいないのに、きっと彼の気配がそうさせるのだと思います。まるで、パブロフの犬と呼ばれたそれと一緒。ぎゅうぎゅう詰めの車内、鉄橋、交差点、踏切。彼の気配と、与えられる快楽《えさ》。私はもう、条件反射で濡れるようになっているのかも知れません。そのうち尻尾が生え、彼の気配を嗅ぎつけて尾を振るような気さえする。

そんなひどい冗談を、なかば本気で考えるようになっていました。

相手は顔も知らなければまともに会話したこともない人で、背中越しの歪な関係は、いくらやり取りの回数を重ねても仲を深めたことにはならない。だとしても、私はそこに繋がりめいたものを感じていました。約束をしたわけでもないのに、この秘密はずっと続いていくだろうと、そう信じ込んでいたのです。

けれど季節がすっかり秋に変わった頃、彼は忽然《こつぜん》と姿を消しました。

最初は、珍しく電車に乗り遅れたのだと思いました。翌日もまた彼は現れず、風邪でも引いたのではと心配になりました。その翌日はもっと悪いことが起きたのではと不安になり、二週間が経つ頃になってようやく、飽きられたのだと思いました。

冷静になって考えれば、こんなやましいことが長続きするわけがありません。むしろ何ヶ月も続いたことの方がおかしいくらいです。

この際もう忘れるべきだと思いました。私のあの秘密を知るのは、彼ひとりだけ。だから私が朝起きる時間をほんの少し変え、ホームで待つ場所をずらし、違う電車に乗るだけで、この事実は簡単に葬ることができる。

なのに私は今日も八時一分発の快速列車に乗りながら、背中でひたすら彼の気配を探していました。

窓から見上げる空には、はぐれ雲がぽつんと浮かんでいます。十月もなかばともなれば河川敷の緑も色を変え始め、道行く高校生はブレザーを着ています。硬く響いた踏切の音は、通過駅を過ぎてもまだ耳に残っていました。

知らないうちに詰まっていた息を吐くと、それはため息となってドアのガラス窓を丸く曇らせました。

いい加減、前を向かなきゃいけない。そもそも人に言えもしないような、間違った関係だったのだから。

つい先日は、朝から社長に呼び出されてしまいました。

「この頃ちょっと様子が変だけど、何か悩みごと？」

その心配顔に返せる本音は、何ひとつとしてありませんでした。仕事に身が入っていない自覚はあったし、このままじゃいけないと思いました。

今だって忙しくはあるけれど、これから年末にかけて、一段と忙しくなる。監査に向けての準備もあるし、三枝くんへの引き継ぎも並行して進めないといけない。取引先が増え、社内の体制を変えるという話もある。同じ現《うつつ》を抜かすなら、もっと別のものにした方がいい。これと言って思いつかないけれど、仕事終わりの楽しみとか、休日の趣味とか、新しい出会いとか。

また通過駅に差しかかり、電車は待ち合わせをしていた各駅停車の普通列車を追い越しました。風がごうっと唸り声を上げ、視界が停車していた車両のくすんだ銀と赤と、窓越しの人影とを混ぜた残像でぐちゃぐちゃになります。

到着駅はもうすぐ。

私は再び自分に言い聞かせました。あの人はもう、二度と現れないだろう。この二ケ月のあいだに起きたことは、すべて誤りだった。それこそ犬に嚙まれたとでも思って、一刻も早く元の日常に戻るべきだと、わかってます。わかっているんです。だけど――その時、腰に何かが触れました。

一瞬、気のせいだと思ったものの、それが手だとわかった途端、焼けついたみたいに胸が痛くなりました。

名前も知らない、誰か。私は、この人を待ち焦がれていました。潤む目に映っていた手は、体の縁を辿り、丘を落ちていきました。私の勝手な思い込みだとしても、穏やかなその手つきは、会わずにいた空白を取り戻そうとしているみたい。再会の喜びに浸る間もなく電車は速度を落とし始め、彼の手はショーツに紙片を挾んでいなくなりました。

ホームに降り、私は一度も振り返ることなく会社へと急ぎました。駆け込んだトイレで開いたメモには、こう書かれていました。

『電車じゃない、別の場所で会おう』

その一文の下には、連絡先が。

名前の箇所は空白のまま、私はすぐさまそれを携帯電話に登録しました。九時になるぎりぎりまで思い悩んだのは、連絡するかどうかじゃなく、その内容。

『菫です』

結局面白みも、ひねりも、可愛げもないものになったメッセージを、彼はどう受け取ったのだろう。少しして、握りしめていた携帯電話が受信を知らせました。

『これからが始まりだ』

ぞくんとしました。不安よりも、歓びで。

こんな淫らな自分、本当は知りたくありませんでした。暗がりを行くような心許なさも確かにあります。でも、誰かが手を引いてくれるなら。

これからどうなるんだろう。すごく怖くて、すごくすごく、楽しみです。

2

風呂上がり、肩にかけたタオルで髪を拭いながら、デスクに置かれたノートパソコンの電源を入れた。

ふと、半袖のTシャツでいられるのもせいぜいあと数週間だと思った。クーラーをつけなくても汗が引いていくし、昨夜からしつこく雨が降り続いているせいで、急に夜が長くなったみたいに感じる。つい先週まで夏の終わりとは思えないほど暑かったが、ひと雨過ぎたあとはどうだろう。

この部屋の内壁は打ちっぱなしのコンクリートで、無機質な見た目こそ気に入ってはいるが、吸湿性も保温性も悪く、住み心地がいいとは言いがたい。春や秋はともかく、そのうちやって来る冬を思うと、濡れている頭がもうひんやりした。

パソコンから、起動を知らせる控えめな音が届いた。

俺はパスワードを入力しがてら、デスクチェアに腰を落とした。そして頬杖をつきつつスケジュール管理のソフトを選択し、カレンダーから今日の入力欄を開いた。

9月2日（月）

今日は疑問に思う出来事があった。

朝、電車で初めて痴漢を見た。隣に立つその男から不穏な空気を感じたのは、駅を出てしばらく経ってから。男は俺のほとんど真横にいたので、顔は見えずに手だけが見えた。標的にされていたのは、スーツを着た会社員らしき女。ドアのすぐそばにある座席袖の仕切り板が、悪事を隠すのにちょうどよさそうな死角を作っていた。もし俺が女を囲う壁の一部になっていなかったら、たぶん何も気づかなかっただろう。

朝っぱらからよくやると思った。怖いもの知らずだとも。正義漢ぶるつもりはなかったけれど、助けに入ろうかとも考えた。ただ、女の様子がおかしかった。

横目にちらりと見えたあの表情、あの目。スカートに男の指が食い込んだ時、女の眉がたわんだ。じっと俯いて、耳まで真っ赤になっていた。恐怖のせいか、怒りのせいか、それともただの淫乱な女か。

止めに入るべきか判断つかずにいるうち、男が女から手を離した。

電車を降りてからも、女はどことなく浮ついた足取りでホームを歩いていた。愛を囁かれたわけじゃなく、痴漢をされたというのに。

はっきり言って、意味がわからない。

入力した文章を保存すると、ちょうど日付が変わろうとしていた。傍らに置いてあった煙草を取り、火を点ける。

一日の締めくくりにこうして簡単な日記を書くのは、社会人になってからの日課だ。初めは仕事の振り返りをするためだったが、そのうち私生活のこともいっしょくたに書くようになり、今では完全にただの日記になっている。思いついたことを端から書きなぐっているのでまとまりのない内容になっているが、誰に見せるわけでもない。それに七年も経てば日記を書く作業そのものが習慣になっていて、中身にまでこだわりはなかった。

音もなく立ち昇る紫煙を眺めながら、俺は再び今朝の情景を思い返していた。

――どうして。

もたれかかったメッシュ素材の背もたれが、キィと小さな音を立てた。

職業柄、人を見る目には自信がある。だから余計に気になるのだろう。

もし他人を不躾に分類するとしたら、あの女は臆病者の枠に入りそうな印象だった。派手でもなく、地味でもなく、当たり障りのない格好をしていた覚えがある。あんな目に遭って不愉快そうにしない時点で、気が強いとは言えそうにない。きっと押しに弱く、流されやすいのだろう。それに電車を降りる時、平静を装いながら隠しきれない動揺が見て取れた。けれど、それが恐怖のせいだったなら、なぜすぐに逃げるようにして去らなかったのだろうか。

疑問と共に、水彩絵具で描いたような紅色が瞼に浮かんだ。あの時、女の耳たぶにあった、つややかな色。

——まあ、いいか。

気になるといっても、正解を知るすべはない。もう二度と会わない他人のことだ。

ひと口呑んだ煙を、肺の隅々にまで行き渡らせる。極力ゆっくり吐き出すと、まだ長い煙草を灰皿へと押しつけた。

9月3日（火）

今朝、駅にまたあの女がいた。電車を待っている時、既視感がしたと思ったら、すぐそこに見覚えのある背中があった。

驚いたのはそれだけじゃない。

女は乗車したあと、よりによってまたドアの真横に立った。昨日と同じ列車の、同じ車両。前日、痴漢が現れたのと同じ場所に。

どうして？　なぜ再びリスクを冒そうとする？　目的はなんだ？　疑問を通り越して、

不可解だった。

ただ、それよりもっと不可解なのは、

文字入力のカーソルが、文末であてもなく点滅を続けていた。キーボードから手を離し、指に挟んだ煙草の先をふらふらと揺らす。

――どうして。

昨夜も同じことを思ったが、今夜の思考の矛先は、あの女よりも俺自身に向けられていた。

なぜ俺は、あの女に触れたのだろう。

ホームにいる女の姿に気づいた時は、呆気に取られた。てっきり電車を変えるものだとばかり思っていたのに、あろうことか女は乗車位置すら変えず、昨日と同じ八時一分発の快速列車を待っていた。そのうえさらに、女は乗車したあと、前日とまるきり同じ場所で立ち止まった。

否応なしに間違い探しをさせられているように思いながら、俺は眇《すが》めた目で右斜め前の女を見た。

服装はベージュのブラウスにネイビーのスーツスカート。ヒールと、書類も入りそうな大きめの鞄は革のもの。スーツと似通った深い紺色の傘は、昨日も持っていた気がする。どれもシンプルだが、さりげなく品がいい。顔には、細いフレームの眼鏡。髪は綺麗にまとめられ、背筋がすっと伸びていた。

ひと言でいえば、きちんとしている女だった。派手な華やかさよりも、凛とした清潔感のある雰囲気。真面目で、軽い遊びとは縁がなさそうな。そんな人物がどうしてまたここにいるのか、見れば見るほどわからない。

疑問を燻《くす》ぶらせているあいだにも列車は速度を上げ、住宅街を走り抜けていった。

女は、じっと外を眺めていた。何を見ているかまではわからなかったが、後ろからほんの少し覗いた眼鏡越しの映像は、俺が目にしているのとまったく同じ――ふと、何かが引っかかった。

女の眼鏡には、見飽きた朝の風景が映っていた。沿線に広がる、どこにでもありそうな味気のない街並み。錆びついた鉄橋。窓を濡らす雨粒。レンズを通したはずの像が、どれもまっさらで少しも歪んでいない。

それが度の入っていない伊達眼鏡だからだと気づいた途端、女の真面目そうな顔までまがいものみたいに思えた。一度そのちぐはぐさに焦点を合わせた目で見れば、女が時間を巻き戻すようにしてここにいる理由までも、鮮明に見える気がした。

不意に列車が大きく揺れ、乗客たちが一斉にこちらへ押し寄せた。ヒールを履いている女は危なっかしくよろめき、後ろから押された俺もまた、踏みしめていた足が半歩ずれた。

決して故意ではなかった。体勢を直してふと俯き加減になった女のうなじに、思わず視線が吸い寄せられたところまでは。

まずい、と思う間もなく、俺の目は首根に浮く丸い骨の稜線を追い、女の背中を滑り落ちていた。

どこかから警報音がした。空耳にしてはやけにけたたましく、はっきりと。けれどそれはあっという間に遠ざかり、あとには列車の走行音だけが残っていた。

ノイズのような煩《うるさ》さが、なぜか耳に心地よかった。深く息を吸うと、ほのかな香りを感じた。飾りつけた香水の匂いではなく、もっと薄くて淡い、フローラルの匂い。

ぶつかりそうな距離にある女の体が、心なしかすぼまっていた。肩の向こうには、ぎゅっと強く手すりを握りしめる手が見えた。

まるで、ぎりぎりまで膨らんだ泡を目の前にしている気分だった。もしもつついてみたら、どうなるだろう。ぱつんと割れてしまうだろうか。割ったら、何が出てくるだろう。その内側に隠されているものを、無性に見てみたい。

そそられたのは好奇心か、それとも嗜虐心《しぎゃくしん》だっただろうか。自分の理性は堅いつもりでいたが、案外脆かったらしい。

俺は仕切り板に突いていた手を動かすと、女とのあいだにある隙間に潜らせた。そして見つけ出した間違い探しの答えを指差すように、女の腰に人差し指を向けた。

指を当てられた女は、ぴくっと肩を震わせ、次第に深く項垂れた。耳朶が、正解を物語るようにみるみる紅色に染まっていった。たとえ身動ぎされても、俺は指で追いかけた。追わずにはいられないほど焚きつけられていた。割れた泡沫からまろび出た、匂い立つような期待に。押しつけた指をどこまでも許してしまう、女のやましさに――。

そこまで思い返したところで、ふ、と笑みが漏れた。緩く上がった口元を、自戒を込めてさする。

いくら拒まれなかったとはいっても、あれが普通なら許されない行為には変わりない。こちらにとってもリスクでしかない、危険な行為だ。けれど、果たしてあの女が俺の腕を摑み上げ、やめてと訴えるようなことがあるだろうか。

考えてみたところで、答えはノーだ。

あれは、待っている女の目だった。もしあの目が演技だとしたら相当なものだ。たとえ騙されたとしても、相手の方が俺より何枚も上手だったと、諦めもつきそうなくらいに。

俺は日記の後半を消し、改めてキーボードを叩いた。

女は乗車したあと、よりによってまたドアの真横に立った。昨日と同じ列車の、同じ車両。前日、痴漢が現れたのと同じ場所に。

触らせに来ているなら、誘惑されてやる。

くゆらせた煙草の煙が、ゆらゆら踊りながら昇っていった。

それから半月以上、駅には毎朝あの女の姿があった。

女は、いつも決まった場所で列車を待っていた。ちょうど五両目が停まる列の、前方。真後ろに並んだとしても相手にはわからないだろうが、俺は念のため数人分離れたところからその後ろ姿を見続けた。

ホームにいる時の女は、ほとんどの時間、正面を向いて立っている。一見すると、清廉潔白で悪いことなど何も知らなそうな顔をしていながら、時折何かを探すようにちらっとあたりをうかがう瞬間にだけ、その横顔にはどこか扇情的で甘い色味がさした。もちろんそれは、他の乗客からすれば気に留めもしないほど小さな変化だろう。固く閉ざされたものが綻んだように見えているのは、俺だけのはずだ。ドアの横、手すりの正面。初めから行き止まりのその場所に女が立つ意味も、肌寒い朝に女の頬がほんのり上気している理由も、俺しか知らない。

夜、帰宅して日記を書く頃には、仕事の疲れもあってもう二度としないだろうと思うのに、俺は翌朝になるとまた、懲りずにその行為を続けている。

会社に向かう通勤客に、通学途中の学生。そんなごく普通の乗客たちに紛れて定刻どおり駅に現れる女を目にするたび、仄昏い感情が湧いてくる。誰とも知れない女の、誰にも見せないだろう素顔を暴いているのだと思うと、優越感とも加虐心《かぎゃくしん》とも知れないものがむくむくと頭をもたげた。

この頃はもう、スカートの裾を捲り上げるのにも躊躇いが薄らいでいる。女も、きっと似たようなものだろう。

スカートに手を侵入させても、あちらは当然のように沈黙を守っている。布越しの尻に触れても、ひくんと体を跳ねさせるだけで何も言わない。試すように秘部をくすぐっても、奥へ進ませた指で敏感な部分を探っても、女は息を止めてまで声を殺し、落ちた髪を耳にかけるしぐさで必死に自分の反応を誤魔化していた。

しかし、いくら誤魔化そうとしても無駄だとわかっているのか、いないのか。あの場に流れる沈黙は、おそらく女が思っている以上に饒舌だった。

もっと、もっとと聞こえてくる無音の嬌声に耳を澄ませながら、俺は毎朝女の腿を撫で、尻を摑み、痕をつけるように爪先で掻いては、ひときわ熱を籠らせている窪みに指を押しつけた。

けれど。

どんなに行為を深めても、それはあくまで電車に乗っているあいだだけの話だった。発車から、たったの十五分。到着駅のアナウンスが聞こえると、女は我に返ったように伏せていた顔を上げる。そして足をふらつかせながらホームに降り立ったあと、わき目も振らず改札口へ歩いていく。こちらを振り返ろうともしないまま群衆の中に掻き消されていく後ろ姿を見ていると、苛立ちにも似たさざ波が胸の内に広がった。

9月24日（火）

彼女に触れ始めてから、もう一ヶ月近く。ほとんど習慣になっている。欲求不満でも、女に飢えているわけでもないと思うのに、やめられない。

どうしてだか気になる。女の熱っぽさや戸惑いの表情を見かけるたび、なぜか一瞬、平静を失いかける。初めてあの女を見てから、答えの出ない疑問ばっかりだ。

だいたい、あの女は触られたくて来ている。ここまで逃げもせず毎朝現れておいて、実は不本意だなんてわけがない。薄皮一枚剝けば、淫乱なだけの女。そのはずなのに、女は電車を降りたあと、そそくさと現実に戻っていく。

ちゃんとしたスーツを着ているくらいだから、あのあとどこかの会社に出社するんだろう。朝のことは隠して、仕事をこなしたり、同僚と話したり。そうやってごくまともな生活を送っているのは想像がつく。

別に、そんなのは当たり前だ。表と裏の顔をうまく使い分けるくらい、誰でもしていること。それが、どうしてこうも気に障るんだろう。

駅に着けば全部おしまい。そうやってあっさり割り切られているみたいに感じるせいだろうか。性欲に負けてばかりいるあの女に、単なる痴漢だと思われているのも釈然としない。

どうせ、同じ穴の貉《むじな》のくせに。

次は少し冒険してみようと思う。結果はともかく、少しは、この言いようのない苛立ちが収まるかも知れない。


俺はノートパソコンを脇に寄せると、引き出しからメモ用紙とペン、それに定規を出した。

メモの下端に定規をあて、印字された自分の姓を含む事務所名を破り取る。そして残った白紙にひと言、

『きみの名前は？』

とだけ書き込んだ。

9月25日（水）

柄にもなく、今朝は少し緊張した。いや、あれは昂奮だったかも知れない。折り畳んだメモ用紙を下着の中に入れるだなんて、自分のしたことながらおかしくて笑いそうになる。でも、彼女の鞄は口が閉まっていたし、サイドポケットに入れたのではいつ見つけられるかわからない。一番早くレスポンスが欲しければ、あの場所しかなかったと思う。

とはいえ、そんなのはただの口実で、ただあの薄っぺらい布切れの向こうにあるものに触れたかっただけという気もするけれど。

キーボードを打つ手を止めると、指先に今朝の感触がありありと蘇った。うっすら汗ばんだ女の腿は、ストッキング越しにのせた手のひらにしっとりと吸いつくようだった。腿づたいに手を這い上がらせていくと、女はわずかに腰を浮かせ、こちらに協力するような動きをみせた。

本人にさえ邪魔されることなくスカートの裾を捲ると、俺は無遠慮にウエストを包むストッキングとショーツとにまとめて指をかけた。

右から左へ、少しずつ力をかける位置を変えながらずり下げていく。万が一にでも周囲にバレないよう、慎重に。

死角を作るコツはすっかり覚えている。女の背中にぴったり寄り添うように自分の体をつけ、それでも残る隙間は、仕切り板と左手の鞄とで塞いだ。

初めて触れた女の肌は、一瞬たじろぐほどに熱かった。

どうやら力が入っているらしく、丸みに被せた手が押し返される。宥めるように撫でてみると、一度肌が粟立ったあと固さが抜け、くたんと柔らかくなっていった。

腿のあたりでさえ熱かったのに、奥へと進むほど、火口に立っているような熱気が指先に触れた。女の体温と汗と、昂奮と欲情とが混じり合った熱。

足のつけ根に指を這わせると、女は俯き、手すりをきつく握りしめる。視界のほとんどを占めていた頭が項垂れ、そこにうなじが現れた。いつか嗅いだのと同じ香りは、柔い谷間で指を遊ばせるほど強く濃くなっていく。わざとらしいほどしつこく、もったいつけるようにのろのろと指を滑らせるたび、女は面白いほどふるふると震えた。

焦らすだけ焦らしたあとだったからだろう。不意打ちで谷の淵ぎりぎりをなぞると、女は驚いたようにつま先立ちで逃げ、けれどすぐ踵を下げて、俺の指に体を着地させた。

観念したのではなく、自ら望んで。案外、無意識かも知れないその反応に、俺は心底驚いていた。いくらなんでも、従順過ぎる。

俺は女に対して、何ひとつ信用に値する行動は取っていない。何を根拠にして、見ず知らずの男にここまで身を委ねられるのかと不審にさえ思った。性欲のはけ口にしているだけ。それ以外の理由はこじつけも同然なのにだ。

もしかしたら女は、俺が思っていたよりもずっと淫らで、俺よりもこの行為にのめり込んでいるのかも知れない。そうでなければ、説明がつかない。

気づけばうっかり口元が緩んでいた。おかしかったのではなく、妙に嬉しかった。

この女は、俺と同じだ。

倫理観も常識もわざとどこかに置き忘れたまま、現実離れしたこの行為を繰り返している。同じ白昼夢を見る者同士、遠慮する必要も、何を考えているのかと勘繰る必要もない。きっと否定されることも、拒絶されることもないだろう。そう思うと、しこりのように残っていた警戒心が一気に解けた。

車内にアナウンスが流れ、俺は片手に忍ばせておいた紙切れを女のショーツの中に残し、手を引き抜いた。

——白昼夢、か。

火の点いていない煙草を指に挾んだまま、手のひらをじっと見た。今夜は気温が低いが、それでもさほど寒さを感じないのは、今朝触れた女の体温が手袋でもしているみたいにまだ纏わりついているせいかも知れない。

ふっと笑いがこみ上げる。今のは今朝のそれとは違って、苦笑に近い。

日記に書いた内容が、あまりに現実離れしていた。脚色されたフィクションかと言いたくなるほど、日常生活から乖離《かいり》している。まるで、電車での出来事だけが夢みたいだ。日記に残っているのは、偽りなく本当にあったこと。証人は、あの女。寝ても覚めても変わりはしない、現実の話だ。

そうやって胸の内で唱えたのが呼び水になったのかも知れない。突然、机の上に置いていた携帯電話が着信音を鳴らした

コンクリートの壁に、電子音が反響する。一度、二度、三度と続いていて、アラームみたいに出るまで鳴り止みそうにない。深夜十二時を過ぎてかけてくる相手の心当たりは、ひとりだけ。

画面を見てやっぱりと思いながら、俺は持ち上げた携帯電話を耳に当てた。

「——はい」

応答はなく、耳元で沈黙が流れた。少しして、躊躇いがちな声が聞こえる。

「……私」

「ああ」

素っ気なく返すと、それきり相手は押し黙った。

携帯電話が、ご丁寧にあちらの雑音を拾ってくれる。通り過ぎる車やバイクのエンジン音。救急車のサイレンは、この部屋の窓からもうっすら聞こえた。

またか、と舌打ちしたつもりはなかったが、不機嫌さはしっかり伝わったらしい。再び聞こえた声は、さっきよりもうんと弱々しくなっていた。

「ごめんなさい、あの、夜遅くに電話して」

「いや。どうした？」

「えっと……。何か用事があったわけじゃ、ないんだけど」

「何もない時はかけてこないだろ」

嫌味を言う気はなかったが、言葉にすると棘のある台詞になった。ほんのちょっとの間を空けて、空気が漏れ出たような返事がある。

「……そうね」

それから、また沈黙。

俺はため息を吐き、口を開いた。

「どうした？」

言ってしまったあとで、澱んだ気分になった。何度も重ねて尋ねなければ、この電話の相手は本心を明かさないと経験上知っている。だからつい、尋ねてしまった。

親友で仕事仲間でもある葉山《はやま》からも、忠告されたばかりだというのに。

酒の肴のつもりで、時々深夜にかかってくる電話の話を吐露すると、葉山は真剣な面持ちで釘を刺した。終わった関係は、続けるほど腐っていくんだよ、と。

わかっている。連絡が来ようと放っておけばいいだけで、俺がかまうからいけないのだとも思っている。けれど、拒めない。こういう時は、いやでもその理由を自覚させられる。

俺はまだ、この声の主を忘れられずにいるのだ。

汚らしい澱が心に浮かんだ。根底に沈んでいた、どろどろとした醜いもの。もしかしたら葉山の言うとおり、体のどこかがもう腐り始めているのかも知れない。

そういえば日記に以前、欲求不満ではないと書いたような覚えがあった。よくもまあそんな虚勢を張れたものだと、我ながら呆れる。こんなにも満たされない欲求を抱えて、うすら寒い思いをしているくせに。

トラックの騒音が過ぎたあと、彼女は柔らかな声音でうそぶいた。

「用事はないの。ただ、元気かなって気になっただけ」

嘘を言え。気になる相手ならなぜ振ったのか教えてもらいたい。手放した途端に惜しくなったのか。都合よく男に寄りかかるのが好きなのか。何でもいいから納得させてほしい。と、それをそのまま本人にぶつけてしまえばいいのに、言えはしない。代わりに口から出ていたのは、ごくありきたりな返答だった。

「こっちは相変わらずだ。元気じゃないのはお前の方だろ」

「……そんなふうに聞こえる？」

「こんな時間に連絡があれば、何かあったと思うのが普通じゃないの」

「それも、そうね」

「……近くにいるのか？」

「……うん。あのね……家に行っても、いい？」

イエスか、ノーか。二択のあいだで、気持ちが振り子のように等しく揺れた。

ていないのだろう。

彼女が沈んでいる理由はおおよそ想像がつく。どうせ「好きな人」とやらとうまくいっていないのだろう。

俺は彼女にとって気心の知れた昔の男で、都合のいいシェルターのような存在で、いやな顔をしてはいても本気では自分を拒絶しない人間だと、たぶん本能みたいなもので嗅ぎつけられている。

どれだけ人を見る目に自信があったところで、これではまったく意味がない。渡された決定権を遙か彼方へ放り投げたいと思いながら、結局握りしめたまま手放せずにいるのだから。

こちらが無言でいると、電話口から届く気配が急に遠慮を滲ませた。

「ごめん、甘えちゃ迷惑だよね。私、やっぱり帰る――」

けれど望んでいたはずの台詞が聞こえかかると、心の重心は他愛もなく傾いた。

「もう帰れないだろ、終電もないのに。来ていいから、あんまり夜中にふらふらするな」

「……うん、ありがとう。じゃあ……これから行くね」

通話を終えた携帯電話を机に放ると、ゴトッと鈍い音がした。

スリープに切り替わっていたパソコンにもう一度ログインして、俺は手早く日記を書き足した。

雪乃《ゆきの》から電話。今から来るらしい。

今度の泣きごとはなんだ？　前回は「好きな人」が、別れたはずの恋人とまだ続いていたと言っていた。

そんな話を俺に聞かせてどうしたいのか、雪乃の本心はわからないけれど、たぶん人肌が恋しいだけだろう。それならそうと正直に言ってくれれば、きっと割り切れる。

打算も、駆け引きも、思わせぶりな演技も嘘も、もううんざりだ。せっかくいい夢を見ていたのに、一瞬で叩き起こされたような気分。目を覚ましたって、つまらない現実を突きつけられるのがオチなのに。

こんな馬鹿げたことを考えているのは、俺だけだろうか。電車を降りたあと、あの女が戻っていく現実はどんな場所だろう。

パソコンの電源を落とし、いつもの癖で煙草に火を点けようとして、やめた。半年前に別れた、煙草の匂いをいやがる元恋人が来るのだから。

俺はデスクチェアに深くもたれ、仰いだ天井に向け何度目かのため息を吐き出した。

朝、目を開けると雪乃の姿はベッドの中から消えていた。ワンルームの室内はしんと静まり返っていた。

のそりと頭だけ持ち上げ、あたりを見渡す。ワンルームの室内はしんと静まり返ってい

て人の気配はない。昨夜は、と思い出す前に、鼻先をかすめた残り香が記憶を呼び覚まし

た。

案の定聞かされた、ろくでもない男の話。うまくいかないのは目に見えていたから、ほとんど聞き流した。

話が途切れがちになった頃、「それで何しに来たんだ」と切り出したのは俺だった。雪乃は、いかにも傷ついたという顔をするばっかりで何も言わなかった。

俺は苛立ち混じりに雪乃の腕を引き、部屋の明かりを消した。

「黙ってたらわからない」

それが静まり返る泉に小石を投げるような真似だということは、理解していた。

「寂しい」

ぽつんと答えがあった。

深夜のベッドで抱きしめた体温も、柔らかさも、朝日の中で思い出せば幻みたいに思えた。かろうじて腕は彼女の頭の重みを覚えていたけれど、その痺れは今にも消えてしまいそうだ。

起き上がって、もう一度部屋を見る。するとサイドテーブルの上に、一枚の紙が置かれているのが目に入った。

『ごめんね。ありがとう』

たぶん始発列車で帰ったのだろう。直接言ってから出て行けばいいのに、痕跡だけ残して消えるところが彼女らしかった。

肌掛け布団を捲ると、残り香が舞い上がった。ささくれだった感情が、意に反して丸みを帯びた。かつて誕生日に俺がプレゼントしたのと同じ香水を、彼女は気に入ってもう何年もつけている。記憶についた匂いの染みが丸い形をしているのは、ころんと丸っこい瓶も好きと聞いたせい。俺が煙草をほとんど吸わなくなったのも、今嚙みしめている空しさも、彼女が残していったもの。

紙切れに〝またね〟はないが、〝さようなら〟もない。思わず安堵しそうになりながら、俺は握りつぶしたそれをゴミ箱に投げ捨てた。


最寄り駅には、マンションから続く坂を下りて数分で着く。通勤時間帯の駅には、いつもと変わらない朝があった。

スーツ、私服、制服。駅前のバス停へ行く人、改札方面へ行く人、逆に出てくる人と、駅の構内は数え切れないほどの人が入り乱れている。これだけ人がいれば、誰かが欠けたところで見た目に変化はないだろう。もちろん群衆からすれば俺もいてもいなくてもかまわないひとりで、俺がどんなに辛気臭い顔をしていようが、気に留める人間は誰もいない。

足が、沼地を行軍しているみたいに重かった。

いつになったら俺は、あの不毛な関係から抜け出せるだろう。方法や正論ならすらすら思いつくのに、感情をそのとおりに動かせる気がしない。一方的に別れを告げられてから、もうずっとだ。人に揉まれるようにして改札を抜けていくと、板挟みになった体がさらにすり減っていくような錯覚がする。

自分の女々しさに、いい加減嫌気が差した。この顔のまま仕事に行けば、きっと葉山に感づかれるだろう。忠告を受けたばかりなだけにそれは避けたいし、今日は、クライアントの自宅まで打ち合わせに行く予定がある。これ以上、引きずってはいられない。

くだらない感傷を振り払うように顔を上げた、その時だった。柔らかな風が、俺の横をふわりと通り過ぎていった。

覚えのある匂いにつられて見れば、すぐそこを、あの女が歩いていた。

女は俺を追い抜いたあとホームの中ほどに向かい、迷いのない足取りでいつもの乗車位置にある乗客の列に加わった。

俺は自然と足を止め、少し離れたところからあの女を眺めていた。

秋めいたグレーのスーツ、揃いのジャケット、鞄に、ヒールのある靴。女はいつものようにきちんとした格好で、しっかり前を向いている。けれどその姿を、いつになく頼りなげに感じた。なんとなく、輪郭がおぼろになっているような。頬は赤く、目も潤んでいる。落ち着かないそぶりで時々姿勢を正すその様子を怪訝に思いかけて、はっとした。

——名前を教えるつもりか。

俺は止まっていた歩を進め、彼女の後ろに並んだ。少しして、軽快なメロディーと共に列車がホームに入ってくる。出迎えるようにそちらを向いていた彼女は、乗車すると座席袖のスペースに身を潜り込ませた。

やがて駅は遠ざかり、そのうち完全に見えなくなった。

車内は、少し暑い。空調がうまく効いていないというよりは、人の体温が充満していた。汗ばんでしまいそうな体温は、目の前で俯く体からも立ち昇っていた。

女が名前を知らせようとしているのは、思い過ごしではないはずだ。そこにあるうなじまで紅潮させて、違うとは思えない。なのに女は、動きを見せなかった。手すりを握り、最初の時と同じようにじっとしている。

俺は回り込むようにして、女の体をドアと仕切り板との死角に押しつけた。密着すると、あちらの体温がますます伝わってくる。やっぱり、熱い。深く吸った息に混じる、控えめなフローラルの匂い。ライラックの記憶に上書きするように、もう一度息を吸った。

女は、どこか身構えているようだった。スカートに差し込んだ手のひらで感じる双丘は少し固く、力の入った曲線をストッキングの上から撫でさすっていると、途中で何かに触れた。

丸みのふもとに、小さな異物があった。薄くて角ばっているそれを指先で確かめるようになぞると、女の体がひくんとした。

――まさか。

ストッキングをずり下ろしショーツの中に手を入れると、すぐにかさっとした感触があった。

それは、折り畳まれた白い紙だった。俺は慎重に取り出したその紙を、あたりを警戒しつつ広げた。やや厚みのある紙にあったのは、小さくて丁寧な字。

『菫です』

いったい、いつからこれを忍ばせていたのだろう。紙は汗で湿り、少しくったりしていた。駅でトイレにでも寄ったのか、それとも家を出た時からだろうか。少なくともホームにいる時にはもう、ショーツに挟んだ紙の感触に苛まれていたはずだ。自分でもおかしく思ったに違いない。誰とも知れない男に――俺に、名前を教えるためだけに、こんなことをして。

想像してつい緩みかけた頬をさすり、俺はそこにある耳に顔を向けた。

「――スミレ」

吐息がかかる距離でしか聞き取れないほどの声は、ちゃんと届いたらしい。くすぐったそうにふるっと震えた肩は、それからもっと小さくなった。

頬が緩むのを、今度は止められそうになかった。俺は顔を俯かせながら、頭の中で繰り返しその名を呼んだ。

スミレ。菫。確かめようはないが、本名だろうと思った。今さら嘘を吐くとは思えなかったし、なにより、本人の雰囲気と名前の印象とが、よく似合っている。

再びショーツに戻した手で、双丘を撫でた。さっきとは打って変わって、そこはもぎ取れそうなほど柔らかくなっていた。

強く、弱く、爪を立てた。戯れに指で揉みしだいていると、彼女の体からはますます力が抜け落ちていった。

俺はうっかり倒れそうな背中に自分の体を添えた。周りにバレないように、互いの体勢が崩れないように。気にしなければいけないことが増えたが、別にかまわなかった。

体にかかる重みと体温が心地よかった。間近に迫った、陽に透けた紅色の耳朶。密着したぶん、向こうの呼吸が速まっているのがよくわかる。高ぶった体に身を寄せていると、彼女を冒す熱が伝染したみたいに下腹がじくじくと疼いた。

抑え込みたくて瞼を閉じたが、逆効果だったらしい。視覚の代わりに他の感覚が鋭くなったようで、匂いも体温も柔らかさも、より色鮮やかに感じられた。

柔谷に這わせた指を先に進めたくて堪らなかった。実と花の境目のような、こんな中途半端な場所ではなく、もっと深みまで。もっと、もっと、もっと——。

呻くような劣情の声を、間延びしたアナウンスが遮った。

彼女が少し慌てた様子で顔を上げると、俺は捲れたストッキングとスカートとを元どおりに直した。手を離して見れば、スーツのスカートに少し皺が残っていた。

緩く肩を上下させていた彼女が、ふと窓の向こうに目をやった。

目線の先には、高く青々とした秋空があった。雲ひとつない快晴の空を背景に、林立するビルが見える。駅まであとわずか。その景色を、彼女は何を思いながら見ているのだろう。

列車が速度を落とし始める頃、彼女は顔にかかる眼鏡を直し、肩に提げた鞄の持ち手をぎゅっと握った。

ドアが開くと、乗客は一気に電車から降りていった。

彼女も、そして俺もホームに降り立つ。改札へと続く流れに乗っていると、いきなり数歩先にあった後ろ姿がバランスを崩してよろめいた。が、すぐさま体勢を立て直し、再び何事もなかったように歩き出す。

ほっとしつつ、反射的に動きかけた手のやり場に困った。そんなヒールを履いているからだと、心の中でぼやきながら、俺は意味なく鞄を持ち替えた。

駅を出た彼女は、赤信号の交差点で足を止めた。ここから俺は道沿いに左方向へ、彼女は交差点をまっすぐ渡る。信号を待つ彼女の背中が大きく上下した。落ち着きを取り戻すようなそのしぐさに倣って、俺も歩きながら深呼吸をする。しばらく行って振り返ると信号はすでに青に変わっていて、さっきまであった姿はもう、雑踏の中に消えていた。

やっぱり夢を見ていたみたいだ。そう思いながら手を入れたポケットの中で、彼女から受け取った紙が、何か言いたげにかさっと音を立てた。

「柳《やなぎ》。来たばっかで悪いけど、小林邸《こばやしてい》の提案、手伝ってくれないか」

俺の顔を見るなり、葉山はひと言の挨拶もなく仕事の話を始めた。事務所のドアを開けて、ものの数秒。慣れているので今さらなんとも思わないが、一応呆れ顔をして「おはよう」と俺が言うと、葉山は思い出したように「あ、おはよ」と返した。

すぐそこの席にいるアシスタントの中藤《なかふじ》にもひと声かけてから、窓際にある自分のデスクに腰を下ろす。応接セットを挟んで対称になった向かいの席から、葉山がファイルを手に近づいてきた。

パソコンの電源を入れ、差し出されたそのファイルを受け取る。

「小林邸の提案って、来週じゃなかったか？」

「そう。ちょっと内容が弱い気がするんだよね。あと一歩、詰めが完璧じゃないっていうか」

葉山はデスクに腰を寄りかからせ、腕組みをした。口調は軽いが、その表情は硬い。

葉山との付き合いは、大学時代、同じゼミで建築学を学んでいた頃から始まり、もう十年ほどになる。大学卒業後、二年間の下積みを経たあと、一緒に独立してこの設計事務所を立ち上げた。

ふたりとも気鋭のデザイナーというわけではないが、堅実さだけはどこにも負けない自信があるし、クライアントと向き合う努力も惜しまない。設立から五年が経とうとしている今、順調に実績を伸ばせているのは、その賜物だと思う。今では、新規案件の大部分は過去のクライアントからの紹介だ。

受け持つ案件ごと、主担当と副担当とに役割を分けてはいるが、葉山と俺とのあいだに上下関係はない。あくまで協働で、手が足りなかったり、不得意分野があったりすればこうして互いに補い合う。たとえば交代で土日に休みが取れるのも、そのお陰だ。たぶん、相手が親友ではなかったら成り立たなかっただろう。

葉山から手渡されたファイルを開くと、そこには顧客からの要望をまとめたヒアリングシートが挟まっていた。

印字された各項目には、葉山の手書きの文字が書き加えられている。走り書きになっているせいで判読しにくいそれを、端から読み上げた。

「〝バリアフリーが大前提。ただし、いかにも介護って感じはNG。外観も内装もシックに。生活感より非日常を味わえるような。高級旅館みたいな落ち着いた佇まい。でもあまりお洒落なのは肩が凝りそう〟……って、なんだこれ、いろいろ矛盾してないか」

「改築したいってこと以外、要望がいまいち摑めなかったから、思うことを全部言ってもらったんだよ。掘り下げていけば、本質が見えるかなと思って」

走り書きは裏面にまで続いていた。口にはしないが、よくこれだけ聞き出せたなと感心する。中には実在の旅館名に、〝定年退職の記念に行った〟と括弧書きがつけられていたりする。その打ち合わせの場にいたわけではないが、思い出話を聞きながら楽しそうに相槌を打つ葉山の姿が目に浮かんだ。

柔和で人当たりのいい葉山だからこそできることで、俺には真似できない。もちろん努力はするが、天然物には到底敵わない。

葉山の書き残したメモは一見迷走しているように見えて、赤丸で囲まれたものだけ読み取れば、きちんと筋が通っていた。それに、着色されていないラフパースには葉山のそつのなさがよく表れている。

悪くないと思う。難点を挙げるとすれば、葉山の旺盛なサービス精神が仇になっているところだろうか。つまり、相手の希望や予算に対して贅沢が過ぎている。漏れなく叶えたい気持ちはわかるが、これだと割を食うのはうちになるだろう。建てるコストと、デザインを考えるコスト。どちらを削るのが簡単か、葉山もわかっているはずだ。

葉山なりに折り合いをつける必要は感じているようで、彼はさっきから窓の向こうを眺めてばかりいた。

そこの窓からは、通りを挟んで向かいにある公園が見渡せる。窓に映る木々の緑は、オフィスビル二階にある小さな事務所にとってありがたい借景だ。そのうえ南側に建物がないので、室内には太陽光が届く。この時間帯はちょうど、朝日が眩しい。

俺は手元の資料を捲りつつ葉山に訊いた。

「葉山。ご主人の年齢は？」

「六十五歳。奥さんが足を悪くしたからって、全面改築。愛だよねぇ」

言いながら、葉山は窓の方に足を向けた。どうやら陽射しが気になったらしい。ブラインドを調整している背中に俺は話を続ける。

「もう車椅子を使ってるのか？」

「いや。ただ、今後を考えるとそれも視野に入れておくべきだろうね」

「年齢からしてスロープは避けた方が良いだろうな。設置するにしても勾配をかなり緩くしないと。先々、介助者側の力も衰えていくだろうし」

「だね。できる限り全面フラットで」

ファイルの中から、家族構成を書いた資料を見つける。居住者の欄は、夫婦ふたりだけ。今後も他の家族と同居する予定はない、とある。

「いっそのこと、一階建てにするプランも出してみたらどうだ。この敷地なら無理じゃないだろ」

すると、葉山はこちらに戻りながら苦笑いを浮かべた。

「言うと思った。お前はすぐそうやって無駄を削ぎ落とそうとするんだから。まあ、俺もそれはアリかなと思ったけどさ。ただ、それだと他の家族が寄りつかなくなるんじゃないかって心配なんだよ。子どもさんとか、お孫さんとかに、気楽に遊びに来いって言えなくなる気がする」

つくづく葉山らしい台詞に笑いそうになった。こういうところに自然と気が回るのは、葉山の一番の強みだ。

「それならなおさら、居住性……というか、居心地を重視した方がいいんじゃないか。派手な奇抜さとか、斬新なアイディアとかじゃなくて」

「んー……そうだねぇ」

「俺と中藤とで参考になりそうな案件探すから、お前はパースの準備しとけよ。このラフ、方向性はいいと思う」

そう言ってファイルを返すと、葉山はなぜか不思議なものを見つけたような目で俺を見た。あまりにじっと見られて、気味が悪い。

「なに」

俺が訊くと、葉山はたっぷり間を取ったあと首を傾げた。

「ねえ、柳。なんかあった？」

「……なんで」

葉山は俺から目を離さない。それどころかこちらに近づき、ますます俺を凝視する。

「何か、いいことがあったんじゃないかなと思ったんだけど」

「別に、何もないけど」

「……ふーん、そう」

葉山は訊くだけ訊いてから、意味ありげな笑顔を残して背を向けた。何を納得したのか釈然としないまま、俺も席を立ち、中藤のデスクに向かう。探してほしい資料を彼に伝えていると、後ろから葉山が茶化すように言った。

「中藤。今日の柳はあんまり怒らないと思うよ」

「え、ほんとですか？　珍しくご機嫌とか？」

中藤は細かくメモを取っていた手を止め、いったん俺を見上げたあと、助けを求めるように葉山へ視線を戻した。

「――とてもそうは見えませんけど」

「大丈夫。すっごくいいことがあったみたい」

「何もないって言ってるだろ」

しかめっ面を返したつもりなのに、葉山は相好を崩していた。片やあいだに立つ羽目になった中藤は、葉山と俺とにおろおろと視線を行き来させている。困っている彼に向け、葉山が言った。

「こいつさ、図星の時に〝なんで?〟って訊き返す癖があるんだよね」

「……そうなんですか？　葉山さんが言うなら本当っぽいけど」

「あと隠したいことがある時は、〝別に〟」

「へえ、今後のためにも覚えとこうかな」

「あのなあ……」

談笑するふたりに不機嫌な顔を作ってみせる。けれど内心言い当てられた気持ちになったせいか、眉間に力が入らない。そしてどうやらそれも見透かされたらしく、コーヒーを淹れに立った葉山はすれ違いざまにちらりと俺を見て、また軽く吹き出した。

「そんな機嫌良さそうな顔、久々に見た。ずっとそういう顔してろよ」

「……まあ、考えとくよ」

「ははっ。ほんとになんかあったな」

「何もないって」

否定するたび、瞼に浮かぶ後ろ姿があった。

葉山はあしらうように「はいはい」と言ったあと、嬉しそうに俺の肩をぽんと叩いた。

10月4日（金）

毎朝のあの行為に、歯止めが利かなくなっている。これはきっと、彼女の名前を知ったせい。あの日を境に、ますます深みにはまった感じがする。

人目を盗む必要があることを習慣にするなんて、自分でもどうかしていると思う。まずいとも思っている。でも、やめる理由が見つからない。リスクを考えたら、迷うまでもない。でも。

彼女に触れる時、昂奮するのは確かだ。他のこと全部を忘れ去ってしまいそうなくらい激しく昂奮するけれど、それ以上に、わけもなく安心した。

どうしてだろう。

ただただ卑劣なだけの俺に、彼女は名前を教えてくれた。約束も交わしていない俺の前に、毎朝現れる。俺がいくら一方的で理不尽なことをしても、彼女はことごとく混じりけのない反応をする。それを、まるで自分をすべて受け入れてもらえたと錯覚しそうになる。だからだろうか。やめるきっかけを見つけられない理由が、自分でもよくわからない。このまま流され続けてもいいだろうか。考えるのは、疲れる。


パソコンから視線を外し、何気なく窓を見た。

夜の十一時を過ぎ、半分開けっぱなしになっているカーテンの向こうは真っ暗だ。ここは高台に建つマンションの七階なので、見ようと思えば職場方面の夜景も見渡せる。けれど部屋の明かりをつけている今は、高層ビルの赤い航空障害灯が点滅しているのがわかるくらいで、窓の外はほとんど何も見えない。見えるのはむしろ、煙草を吸おうとしている俺自身の姿だ。

俺は煙草の箱についているパッケージのフィルムを剝がし、引き抜いた一本に火を点けた。深呼吸をするように煙を吞む。頰杖をつき紫煙を吐きながら、煙草の先端をぼんやり眺めた。

橙色の火が、静かに広がっていく。まるで小さな蛇がのたうち回るように、うねうねと。

この頃、俺は電車で彼女に触れる時、一切遠慮をしなくなった。彼女から名前を教える紙を受け取って以降は、特に。そのうえ俺は、あの日からもう何度も同じ方法で彼女に接触を図っていた。

彼女に渡すメモは、夜、日記をつけたあとに用意した。書くのは、彼女を煽るための卑猥な内容。それを翌朝、さながら手紙のように彼女のショーツに投函すると、そのさらに翌朝、彼女はのぼせたような熱っぽい目をして駅に現れた。

『明日の朝は、こう想像するんだ』

それは昨日、彼女に渡したメモにも書き込んでおいた一文だ。そう書けば、彼女は忠実に実行するだろうと思った。

書き記す言葉は、これみよがしに過激なものを選んだ。

『菫は、電車で犯される。俺の指をペニスだと思って。周りにバレないよう必死で隠そうとしているところを、犯すから』

そんなこと現実には不可能だ。手段を選ばなければ可能かも知れないが、実現できるかどうかなんて、どうでもよかった。彼女を弄んでいる。その紛れもない事実に、じりじりと劣情を掻き立てられた。それに彼女も、とっくに気づいているはずだ。どんなに上手に周りの目を欺けたとしても、俺に対してだけは無意味だということを。

触れてしまえば全部わかった。彼女も、歪なあの行為に溺れている。その確信がなければ、あんなメモは渡せない。

『あそこをぎちぎちに塞いで、菫がイッたら、俺も中に精液を出す』

他聞を憚《はばか》るようなひどい戯言も、彼女なら読み捨てたりしない。いつものあの従順さで一文字一文字丁寧に拾い、言われたとおりきちんと妄想を紡ぐはずだ。電車を降りてから、再びあの場所に舞い戻るまでのあいだに、何度も。記憶された文字は、彼女の理性を内側から削っていくだろう。そうしてもっと深く、引き返せない深みにまで沈んでしまえばいい。

ペン先を通して、俺自身に潜む衝動が見えた。もっと触れて、暴いて、頭の中から犯してしまえたら――そう、侵蝕だ。俺は、彼女が蝕まれていくところを見たかった。だから今朝彼女を見た瞬間、俺は堪らない愉悦に襲われた。彼女に刷り込まれた俺の言葉が、火照ったその顔に炙《あぶ》り出されていたのだから。

電車に乗った彼女は手すりを摑み、俺は、死角に彼女を捕まえた。彼女の背に、ぴくりとさざ波が立つ。俺しか知り得ないことだと思うと、その小さな反応にさえ胸を打たれた。

彼女の頭越しに、車窓の景色が見えた。沿線の駐車場に、野良猫が寝転んでいた。鉄橋を渡る時、秋晴れの朝陽が川面に反射して彼女の髪をきらめかせた。健やかで穏やかな日常の景色から、彼女だけ浮き上がって見えた。

俺が手を伸ばすと、彼女はそっと腰を上げて応える。しかも最近、彼女の下半身からストッキングが消えた。正確に言えばガーターベルトのそれに変えられたようで、今では薄い膜に覆われているのは太腿から下だけだ。前よりもぐっと触りやすくなった彼女に、俺は密かに笑いかける。

——何のために？

明け透けで裏のない、彼女の気遣い。お陰で、締めつけのあるストッキングに邪魔されずに手を動かせるようになった。後ろから両足の隙間に手を差し込むのも、前より簡単にできてしまう。ショーツを穿かせたままクロッチだけずらすのも、その奥に触れるのも。

秘花は、掬い取れそうなほどの蜜をたたえていた。俺は指に絡みつく粘りを混ぜ、彼女に知らしめる。もし話しかけられる状況なら、俺はまた頬を緩めながら言っただろう。

——何もしないうちから、なんでこんなに濡らしてるんだ？

蜜口で遊ぶと、手はあっという間に愛液に塗れた。悪戯心に動かされてその手を内腿に撫でつければ、彼女は恥じらうように身を捩った。

何度指で拭っても、彼女からはとめどなく雫が滲んだ。彼女自身が溶け落ちているんじゃないかと思うくらい、体は熱く、解れていった。そんな滑らかな春泥の中にあれば、小さな種でも見つけるのは簡単だ。

筆先でなぞるように軽くクリトリスに触れると、彼女の太腿がびくんと震えた。自分にない器官は、彼女にどんな悦楽を与えるのだろう。小指の先にも満たないほど小さなしこりを、俺はできるだけ優しく撫でた。秘裂から運んだとろみで潤しながらくすぐると、それはたちまち硬度を増した。

何の気なしに指を離した時、彼女の体が追い縋るように揺らめいた。

欲しがられると、焦らしたくなった。焦れているのが読み取れると、ますます欲情を引きずり出したくなった。

目印を中心に、指先でじわりじわりと円を描く。単純な動作に少しも飽きがこないのは、彼女が健気な反応を返すから。同心円を一周したあたりで彼女の首は傾き始め、三周する頃には、水に飢えた花茎のようにしな垂れた。四周目、俯き気味の首筋が震えて、五周、六周と重ねるほど肌に赤みがさした。

しばらく迂回させていた指を元いた場所に戻すと、摘まずにおいた芽は花をつけたみたいに膨れていた。

花芯をきゅっと指先で挾もうとしたけれど、甘露で滑る。諦めずに続けたのはもちろんわざとで、そのたび彼女は体を引きつらせ、手折ろうとする指から逃げるように腰を浮かせた。

俺は彼女の動きを押さえるために、鞄を持つ左手を彼女に回した。当然、周りの目も気になるので、抱きしめるとまではいかない。腰に手をかけ、引き寄せただけだ。それでも、こちらの意図は伝わったらしい。

彼女は俺に背中を預けると、ごくっと喉を鳴らしながら尻をこちらに押しつけた。電車の揺れにかこつけたぎこちないその動きは、俺の強張りをぴったり彼女に触れさせた。

――ずいぶん思い切ったお誘いだな。

吹き出しそうになって、顔を伏せた。

彼女は、恥じ入ったように震えていた。ずっとされるがままでいた彼女がようやく見せた催促が、いじらしくて、微笑ましかった。

閉じかけた谷間を、手のひらで押し開けた。ひだの綻びを前から後ろへなぞる途中、指先が窪みに落ちた。本能的に心を引かれながら通り過ぎる。素知らぬふりで指をふらつかせていると、彼女はまたおずおずと腰を持ち上げた。思惑どおりの、ねだるようなしぐさ。男の劣情を受け入れるための角度。

俺は、揃えた指先を蜜口に向けた。束の間指が止まったのは、躊躇ったからではなく、くらりと眩暈がしたせいだ。彼女に突き入れるものが指なのを、本気で惜しく思った。

ゆっくり、ゆっくり、味わうように指先を埋めていく。ずぶ濡れの隘路はきつく、動かさずにいると内側のひくつきがよくわかった。放っておいても達してしまいそうなほど熟れた粘膜が、しきりに締めつけてくる。指でこれなら、と思わずにはいられない。

——本当に、指じゃなければいいのにな。

もしもそうなら、もっと奥に届く。もっと隙間なく、ここを広げられる。一本指を増やし、さらに最奥を目指す。

三本の指を咥えた彼女の秘裂は、苦しそうに身悶えていた。本人も、しがみつくように手すりを握っている。精一杯、息を押し殺しているのはわかったが、手を緩めたりはせず、彼女の腹側に指を押しつけた。

反応の強まる箇所に目星をつけ、そこだけを執拗に抉った。むやみに激しくしなくても、熟れ過ぎた彼女ならきっと自重でつぶれていく。言いつけどおり想像して、勝手に昇り詰めていく気がする。それを面白くないとは思わない。そこまで彼女を追いやったのは、間違いなく俺なのだから。

もしかしたら、俺はずっと笑っていたかも知れない。

彼女の肉壁はひくひくとわななき、限界の兆しに震えていた。

——まさか、こんな場所でイクのか。『菫がイッたら、俺も中に精液を出す』。そう書いてあったのは、もちろん覚えてるよな。それでも？

頭の中で彼女を詰るほど、強烈な昂奮が背筋を駆け抜けた。直接得られる快感はないに等しいのに、ぞくぞくして堪らない。彼女の上擦った咳払いを聞けば、なおさらだ。

気持ちよかった。たとえそれが抱擁もキスも嬌声もなく、一方的な愛撫だけで完結する行為だとしても、剝き出しの欲情を擦り合わせる一点だけを見れば、セックスと何も違わない。

——なあ……菫。お前、自分が今されてることをちゃんと理解できてるのか？

内奥をまさぐると、こつんと子宮口の輪に触れた。無意識かも知れないが、彼女の体ははっとしたようにつま先立ちになり、指から距離を取ろうとした。ヒールを履いた彼女がそうしたところで、十センチも動けない。とどめを刺すつもりで腕に力を入れれば、気の毒になるほど呆気なく、指先は行き止まりに届いた。

電車が揺れた。彼女も揺れていた。足元をふらつかせながら、俺に指を突き立てられていた。不意に彼女の体が強張り、花扉がびくっと痙攣した。

まるで、早鐘を打つ心臓みたいだと思った。俺はその脈動に同調させながら、何度も指を最奥に打ちつけた。

おそらく彼女は達したのだろう。一方で、俺の体内にはどこにも吐き出せない昂奮が焦げついたように残っていた。息を細めて吐き出すと、体の底が抜け落ちたような気怠さに襲われる。そこだけは事後のそれそっくりだと、くだらないことを考えながら彼女に目を向けた。

彼女はくたっと力を失くし、かすれた呼吸を繰り返していた。彼女がふと横顔を見せると、紅色の頬と耳朶が視界に入った。熱で蕩けたような頬に手をあて、俯いて、彼女はまたうっとりとしたため息をついた。

終わりを告げるアナウンスが聞こえ、俺は彼女の服を直した。

駅まであとわずか。彼女は俺に背中を寄り添わせていた。服の上からでもわかるほど火照った体を、安心しきった様子で。まるで、恋人にするように。

「馬鹿だな……」

呟きは彼女に対して。同時に、俺自身に対しても。俺たちはふたりして、間違いを犯しながら見て見ないふりをしている。秘密の共犯者がいるせいでどこか肯定された気になって、ひどい思い違いを正せずにいるだけだ。

ぼうっとしている間に、煙草の灰が長くなっていた。

事細かに思い出したのがよくなかったらしい。息を吹き返した昂奮が、呆れるほどに下半身をいきり立たせていた。

「……救いようがないな」

俺は煙草を消すと、不満に燻ぶるそこへと手を伸ばした。

10月9日（水）

K邸三回目の打ち合わせに同行。動線にゆとりを持たせつつ、おおまかな間取りはほぼ変えない方向で決まった。

どうやら奥さんは、ご主人が良かれと思ってしてくれていることに水を差したくなかったらしい。新しい家はとっても楽しみだけれど、以前の面影は消さないでほしいのと、それまでご主人の言葉に微笑むだけだった彼女から本音を聞き出せたのは、葉山の力だ。

その昔、子どもたちがまだ幼かった頃、家族の弁当を用意しながら台所の小窓から眺めていたという朝焼けの話。足を悪くして、家事が満足にできず申し訳なく思っていること。それなのに夫からは至れり尽くせりで、まるでお姫様気分ねと話が弾むうち、予定時間をかなり過ぎていた。最後はほとんど雑談だったけれど、無駄とは思わなかったし、俺はもっと葉山を見習わないといけない。

どうしてあんな自然に笑顔を作れるのかと、尊敬してしまう。プライベートでは結構、腹黒い部分もあるくせに。

朝のあれは、相変わらず。

今朝はかなり冷え込んでいたから、ガーターだと寒いんじゃないかと余計な心配をしてしまった。

10月11日(金)

雪乃から連絡がきた。食事に誘われたが、夜はクライアントと会う約束があったので断った。

あのしょげた声を聞くと、まだ性懲りもなく心が締めつけられる。ただ、今までよりも少しましになった気がする。そう思い込もうとしているだけだろうか。

10月15日(火)

朝、手に指で文字を書かれた。最初、彼女から合図を送られた時は、何をするつもりかまったくわからなかった。視線を落として見れば、彼女は指先で俺の手の甲に字を書いていた。

今日は一切触るなという意味だと思って手を離したのに、まさか、向こうから触れてくるなんて。

俺の立場で言えることではないけれど、電車で触られるというのは、とにかく変な気分だった。遠慮がちな彼女の手がくすぐったいような、気恥ずかしくて居たたまれないような。かといって跳ねのけたいわけでもなく、気持ちがいいのも確かで、なにより警戒心だとか嫌悪感だとか、そんな負の感情が少しも湧かなかったのには驚いた。

習慣というのは怖い。会話を交わしたこともない赤の他人の体温だというのに、触り続けていればこんなにも体に馴染むらしい。いやな感じがしないというのは、きっとそういうことだろう。

彼女も、俺に触られながらそんなふうに思うことがあるんだろうか。

手しか知らないような相手に対して、馴染むも何もない気はするけれど、でももし仮に、背後の人物が俺以外の男にすり替わったとしたら、彼女は俺ではないと気づくだろうか。

10月18日（金）
N邸の引き渡しが無事に終わり、葉山と中藤の三人で飲みに行った。葉山がやけにビールを注いでくると思ったら、どうやら俺を酔わせて口を割らせるつもりだったらしい。また、何かいいことがあった？　としつこく訊かれた。何もないの一点張りで押し通した。
毎朝、痴漢してるなんて言えるか。

初め彼女に痴漢していたのは俺じゃない。きっかけは第三者。それに合意の上だと、いきさつを説明したところで、要約すれば「いけないこと」だ。

自分自身でさえ書いていて言い訳がましく感じるんだから、他人からすればもっとだろう。

それにしても、今日は葉山にずいぶん飲まされた。いくら何でも飲ませ過ぎだ。明日の予定がなくて助かった。

10月19日（土）

久しぶりに二日酔い。外に出る気が起きず、午前中は家で仕事をした。午後、やっと調子が戻り、天気も良かったので買い物がてら電車で本屋まで足を延ばした。

真っ昼間の電車は、普段の混雑ぶりが嘘みたいに空いていた。座席に座りながら、不思議な違和感があった。毎朝見ているのと同じ景色が、いつもと違う。立っているか座っているか、混んでいるか空いているか、ついでに言えば、彼女がいるかいないかという違いしかないはずなのに。

本当に体に馴染んでいるらしい。つい、彼女を目で探してしまった。

10月21日（月）

新規案件T邸の契約が決まった。去年担当したS様よりの紹介。

人脈作りが得意な葉山ほどとはいかないまでも、俺なりの地道な努力が実を結んだようで、正直かなり嬉しい。君になら任せられると言っていた、その言葉に応えたい。忙しくなりそうだ。

10月22日（火）
雪乃が来た。持ち帰りの仕事をしたくて一度は断ったけれど、終わるまで邪魔はしないという約束で押し切られた。
好きな人の話に、仕事の愚痴。相変わらずの不毛なやり取り。でも、前より気持ちが沈まなくなった気がする。それに恋人だったことを脇に寄せ、友人だったひとりの女性を前にしたつもりで話を聞けば、寂しさを紛らわせたい雪乃の気持ちも理解できる。少なくとも、見送る時のひとり取り残されたような喪失感は薄らぐ。
だからって、きっぱり決別できたかと言えば、まだそこまではいかないけれど。

10月25日（金）
来週一週間、葉山の代役で大学に行くことになった。ゼミの学生相手に行われる集中講義の、ＯＢが務める講師役として。
楽しみは、久しぶりに恩師の梅木《うめき》先生に会えることくらい。それ以外は憂鬱でしかない。資料は葉山が準備していたものを使えばすむけれど、学生の前に立って能弁をふるうだなんて、どう考えても俺には不向きだ。

ただ、かなり前から決まっていた話だし、O邸の現場にかかりきりになりそうな葉山に文句は言えない。現場側の発注ミスと工期の遅れ。なんとか設計変更だけは免れてほしい。

ともかく急遽決まったせいで、一週間不在になることを彼女に伝えるタイミングがなかった。講義が終われば仕事に戻れる。けれど家を出るのは普段より早い。乗る路線も真逆だ。何も言わずに突然俺が電車に姿を見せなくなったら、彼女はどう思うだろう。

連絡先も何も知らないのだから、伝言する手段もない。


「終わった……?」

煙草の箱でコツコツと机を叩いていると、ソファーの方から声がした。一瞬、雪乃がいるのも忘れて物思いに耽っていた。

「ああ、もう終わる」

俺は画面を閉じ、パソコンの電源を落とした。

例のごとく雪乃からの急な連絡が来たのは、今から一時間ほど前。今夜は雨が降っているというのに近くの公園にいると聞いて、さすがに捨て置けず家に上げた。

来た時は寒そうに鼻の頭を赤くしていたが、俺の仕事が終わるのを待っているあいだにいた。

落ち着いたらしい。雪乃は自分で淹れたコーヒーのカップに口をつけながら、ぽつんと呟いた。

「相変わらず、仕事熱心ね」

「別に、そんなつもりはないけど」

持ち帰りの仕事をしていたのは本当だが、日記を書いていることは伏せている。空返事をした俺に、雪乃は呆れたように言った。

「自覚がないだけでしょ。直正《ただまさ》の頭の中って隙間がないのよ。昔から、ずっとそう。大学の頃は勉強がぎっしり詰まってて、今はそれが仕事に変わっただけ」

雪乃に不機嫌な様子はない。けれど、考えようによっては小言にも聞こえる。俺はノートパソコンを閉じ、型どおりの台詞を口にした。

「……それで、今日はどうしたんだ?」

こちらに向いていた目が、遠くに移った。カーテンで隠れた外の天気を気にしているようでもあるし、気まずそうにも、思わせぶりにも見えて、結局、俺には雪乃の考えていることがさっぱりわからない。

「元気にしてるかなって、思っただけ」

「いつもそれだな。元気も何も、変わりないよ。だいたい、三日前にも会ったばっかりだろ」

「嘘。誤魔化してるだけでやましいことがあるくせに」

「なんで」

答えた途端、雪乃がぱっと顔を上げた。かまをかけられただけだと気づいた時には、穴が開きそうなほどまじまじと見つめられていた。

「……あるんだ」

「ないって。事務所と家を往復するだけの毎日なのに。俺に隙間がないって言ったのはお前だろ」

これ以上追及されて、変なぼろが出ても困る。それに今、頭をよぎった情景は、雪乃どころか誰に対しても明かせない。

軽いため息まじりに席を立ち、ベッドに腰を下ろす。適当に話を切り上げるつもりでいたが、雪乃からの視線は貼りついたままだ。

「最近、なんとなく様子が違う気がしてたんだ。直正、もしかして恋人……できたの？」

「できてない」

「じゃあ、好きな人。気になる人とか――」

「雪乃」

畳みかけるような彼女の台詞を、俺は途中で遮った。

「そんなこと訊いて、どうしたいんだよ」

「……どうしたいって？」

雪乃が悲しげな顔をして首を傾げると、緩くカールした毛先が肩から滑り落ちた。綺麗に化粧を施された瞳が、俺を見上げる。向けられた側がどきっとするような、まっすぐな眼差し。それだけは、別れた今も昔も変わらない。

愛らしく、華があり、誰からも好かれる存在。それが、大学時代から俺が知る雪乃の姿だ。卒業してからは会う機会もなかったが、一年ほど経った頃、大学の友人たちとの飲み会で再会した。その帰り道に突然、前から好きだったと告白された時は驚いたが、付き合うようになってからは自分なりに大事に想っていた。時々我が儘で、けれど一途に好いてくれる彼女のためにも、早く一人前になれるよう仕事に明け暮れた。寂しいと不満をぶつけられることがあっても、長い付き合いなのだから理解してくれているはずだと、そう思っていた。

自分が甚だしい勘違いをしていたと知ったのは、唐突に「好きな人ができた」と告げられた時。

手のひらから砂が零れ落ちていく。そんなよくある喩えそのものの感覚に陥った。あれからどんなに掃き清めようと足掻いても、胸の底にはまだ落ちた砂が残っている。試しに撫ぜれば、未練と後悔と自責の粒でざらざらしているはずだ。

「こういう関係、ずっと続けたってしょうがないだろ」

決別する強い覚悟があるわけじゃない。けれどぶちまけられた砂粒の中から、雪乃への恋愛感情だけを拾い集めることはできないと、俺ももう気づいていた。

大きな瞳が、じっと見つめてくる。

「それは、もう二度と会わないって意味？」

「……そこまで言うつもりはない。でも――」

「私、もしかしたら後悔してるのかも知れない」

話を遮ったきり、黙っている横顔に尋ねた。

「……後悔してるって、何を？」

「直正と別れたことを」

「それが正しいと思ったから、そうしたんだろ」

「あの時は。でも今は……」

その続きを手放しで期待するほど初心な年頃ではないし、純真無垢でもない。だからわかる。雪乃はただ、俺がまだ自分のことで揺れ動くかどうかを試したいだけなのだ。本心からやり直す意思があるなら、とっくにそう言っているだろう。俺の中に自分の居場所があるのを確かめて、安心したいだけだ。

テーブルにカップを置いた雪乃が、こちらににじり寄ってくる。

「そっちに行っても、いい？」

ドクンと心臓が唸る。激しい苛立ちが徐々に神経を支配していく。不機嫌な顔をしながらも来るなと言わない俺を見ているのは、さぞかし愉快だろう。

「……直正のほっぺた、あったかい」

ベッドに上がった雪乃は俺の頬を両手で挟み、唇を近づけた。微笑みの形をしたそれが、俺の唇にそっと触れた。

「ん……」

舌先が、ちろりと唇の隙間を舐めた。俺の欲情を引き出そうとするその手口には、うんざりする。けれど流されまいと心に杭を打ちつけている時点で、濁流に飲まれそうだと白状しているようなものだった。

まんまと誘惑された唇に、舌が潜る。絡んで、吸いついて、離れようとしない雪乃に押され、ベッドに倒れかけた。けれどのしかかってくる体を抱き留めようとすると、彼女はくるりとその身を反転させ、俺に背中を向けた。

「後ろから触って……」

俺の腕にすっぽり収まりながら、雪乃は首だけを振り向かせて囁いた。自分からではなく、あくまで俺が行動を起こしたことにしたいらしい。

顔にあたってくすぐったい髪をかきわけると、ライラックの香りが鼻腔に届いた。肩に顎をのせれば、小さな耳朶が頬に触れた。雪乃が、俺の胸に背中をもたれかける。その途端、脳裏を後ろ暗さのある既視感がよぎった。

「は……、ん」

俺の両手が胸に被さると、雪乃からはうっとりとした呼気が漏れた。

服の上からでも十分に感じられる膨らみを揉みほぐし、耳たぶを口に含む。舌に触れる、滑らかな皮膚の感触。手のひらには柔らかな膨らみ。今ならあたりを憚らなくていい。電車の中とは違って、思うがまま欲情をぶつけられる。

――朝の、続きみたいだ。

望みどおりに触れられた雪乃は、喉を鳴らす猫のように首を伸ばし、俺の頬に擦り寄った。

俺は手探りで白いブラウスのボタンを外し、開いた合わせ目から手を入れた。ブラジャーを上へ押しやり、熱っぽい乳房に直接触れる。あまった左手をスカートの波間に落とすと、雪乃は俺の手首を掴み、その奥へと道案内をした。

「はぁ……っ、ただまさ……嬉しい……」

名前を呼ぶ甘ったるい声が、劣情に水を差した。

「……黙ってろよ」

「いじわる。でも直正のそういうところ――っ、あ……！」

腿の隙間に手を伸ばすと、頬を膨らませていた雪乃が声を詰まらせた。

俺は正体の知れない苛立ち任せにショーツを脱がし、雪乃の奥処を露わにした。邪魔なスカートは腰まで捲り上げ、下半身だけを剝き出しにした。

雪乃が乱れるほど、その輪郭がぶれていくように思えた。まるで彼女の後ろ姿に、淡く光る人影が映されているような。雪乃と重なりきれずにずれている、それ。朝陽の射す車内で、静かに乱れるあの背中。

俺は、雪乃の背中を強引に押さえつけた。

「あ、ん……っ」

雪乃は俺の意図を察したらしく、前屈みでソファーのひじ掛けに手を突くと、艶っぽい流し目をこちらに寄越した。

俺はたっぷりの唾液を指にのせ、花唇を潤わせた。互いのぬるつきを混ぜ合わせると、雪乃の腰は獲物をおびき寄せるようにゆらゆら揺れた。中心に息づく狭間に指先を埋める。くちゅう、と指が食べられたような音がした。

「んっ……あっ……！」

粘液を滲ませ始めた花洞の中を、揺さぶりながら奥に進めた。同時に、乳首を弄んでいた左手も下半身に差し向ける。胸の曲線を下り、へそを通り過ぎ、茂みをかきわけ陰芯を探した。ぷくりと膨らんだクリトリスと摘まむと、ソファーに突っ伏している雪乃が腰だけを上に浮かせた。

「あ、んっ！　指、きもちいい……っ」

まさぐる手を速めるほどに、雪乃の嬌声も大きくせわしなくなった。

色気を灯した視線と目が合ったかと思うと、雪乃はするりと手を伸ばし、慣れた手つきで俺の股間を包んだ。

俺はその手から腰を引き、雪乃に埋めていた指を抜いた。スウェットのズボンを脱ぐ俺を見て、雪乃が不服そうな声を上げる。

「……もうするの？　あとちょっと……」

それには答えず、俺は勃立したものにコンドームをつけ、まだそれほど濡れていない膣口にあてがった。

「あ……っ」

雪乃の腰に手をかけ、自分の体に引き寄せた。わずかに引きつれるような感じがあったが、数度前後させているうち、先端はぬるりと飲み込まれていった。ぐっ、ぐっ、と力任せに根元まで侵入すると、雪乃の喘ぎと共振したように、内壁がぶるっと震えた。

「あぁっ……入って、きたぁ……っ、直正……」

「……黙れって」

「あ、あっ、あッ――――！」

俺は闇雲に雪乃の体を突いた。窮屈な体勢は、朝のそれとよく似ていた。

下半身に命じられるまま、腰を押しつけ、引き、また押し込めた。引っかかりのあった抽送は、熱く滑らかになっていた。

「あう！　ただ、まさ……っ、んっ！　あ、あっ……！」

まるで濁った水に沈んでいくみたいに、雪乃の喘ぎ声がどんどんぼやけて聞こえた。目を開けていても、あたりが霞んで見える。澱んだ快楽の奔流に削られて、思考が少しずつ小さくなっていく。俺は瞼を閉じ、そこにある体を抱きしめた。本当に水中にいられたなら、ライラックの香りを嗅がずにすんだのに。

やがて雪乃が達し、俺も白濁を吐き出した――けれど欲求は収まらず、鎌首をもたげたままだった。

俺はソファーに身を横たえていた雪乃に再び手を伸ばした。かすれていく喘ぎ声は、さっきよりもっとおぼろげに聞こえた。

どこかにまだ、満たされずにいる隙間がある気がした。それを埋めたくて、塞ぎたくて、何度も何度も燻ぶる強張りを靡肉に突き入れた。

――菫。

最後果てる時、俺は声に出さずその名前を呼んでいた。


一週間後、俺は乗降客で溢れ返るホームに立ち、人を待っていた。ホーム中ほど、電光掲示板の中央に据えられた時計は、七時四十五分を指している。

この時間帯の駅に来るのは一週間ぶりだ。

秋の装いで色合いを濃くした雑踏。ホームにでき始めている、八時一分発の快速列車を待つ乗客の列。一週間前と何も変わらない。けれどその列の中に、まだ待ち人の姿はない。

大学に行くため、普段より一時間早い駅に通ったのは先週のこと。

早朝の駅は、見慣れた姿とはまるで別物だった。人影はまばらで、乗客のあくびが混じったようなゆるりとした空気が流れていた。しかも、見渡す眺めは普段と真向かいのホームからのもの。反転した光景に、当然彼女の姿はない。

懐かしい母校で講義を終えると、俺はその足で仕事に向かった。自分が受け持つ新規案件と、葉山のサポートとで夜更けまで働き、ほとんど寝るためだけに帰宅して、また早朝、駅に向かった。

溜まっていく鬱屈と比例して、駅に向かう足はどんどん重くなっていった。それなのに胸裏はすかすかで、いくつも空いた穴ぼこから心の底が見えていた。

俺は雪乃を忘れたかった。その場限りの一時しのぎでも、手段はなんでもよかった。いつからだろう。その目的と手段とが逆転していたのは。今では、雪乃を身代わりにしている。早朝の駅にいるはずのない菫の姿を探し求めているのが、何よりの証だった。

ホームにある時計が、七時五十分を指した。

もしも彼女がすでに姿を消しているなら、それは仕方がないことだと諦めるつもりでいる。けれどもし、彼女がまだこの時間のこの場所に通い続けているのなら——人波を泳いでいた視線が、自然とある一点で止まった。

階段から流れてくる人混みの中に、探していた姿があった。すぐに見つけられたのは、彼女が何度か見たことのあるスーツを着ていたからだけじゃない。たぶん、眼鏡をかけた面差しや纏っている雰囲気が記憶に刻まれているせいだ。その姿がどれだけ周りに溶け込んでいても、今なら苦もなく探し出せる気がした。

行き交う人がそれぞれの行き先へと枝分かれしていく中、彼女はさっき俺が見ていた列へと流れ着いた。俺は固まっていた足を前に進め、長く伸びた列の最後尾に加わった。

もしも彼女がまだ、この時間のこの場所に通い続けていたなら、ひとつ確かめたいことがあった。

　本当に彼女は、待っているのだろうか。何も言わず姿をくらました、素性もわからない男を。電車を変えないのはただの惰性か、このまま誰も現れずにいたらいずれ見切ってしまうのか、彼女の真意の一端でもいいから、この目で確かめたかった。

　列の後ろに並んでいたからだろう。乗車した車内で立ち止まったのは、彼女から少し離れた位置だった。数人挟んだ先で、彼女は窓の外を見ていた。目の向きを揃えてみれば、車窓を横切っていく電線が見えた。たわんでは跳ね上がり、電柱を過ぎればまた弧を描き、終わりのない波みたいだと思いきや、いつの間にか電線は見えなくなっていた。けれど彼女は、ただ前だけを見ていた。

　翌日。彼女はまたホームに現れた。曇り空を見上げ、ついでとばかりにあたりをうかがって、また前に向き直った。木曜日はひどい雨で、彼女の紺色の傘も靴もずぶ濡れになっていた。その日はすぐ近くに立っていて、ふと目を落とすと、彼女の右足に靴擦れを見つけた。ストッキングがあるので目立ちはしないが、絆創膏が貼ってある。よく見れば、左足の腱の上にも痕があった。そして金曜日、やはり彼女はホームに現れた。

　きっと来週も、彼女は変わらずやって来る。

　月曜日。ホームで列車を待ちながら、彼女は的外れな方向に視線を巡らせ、そしてため息をついて肩を落とした。日に日に萎れていくその背中を見ていると、胸が震えた。どうしようもなく愚かな女だと思いながら、頰が綻んだ。

俺は車窓の景色が眩しくて目を細めた。彼女の伊達眼鏡の端で、街並みや鉄橋や乗用車のシルエットが点滅しながら過ぎていく。カンカンカンカンと聞こえてくる警報音は、一瞬けたたましく響いたあとあっという間に遠ざかる。そういえばいつも、このあたりで彼女に触れる。最初がそうだったから、このタイミングが意識に刷り込まれたのかも知れない。

警報がこびりついた頭に、躊躇いが浮かんだ。今ならまだ引き返せる。この一線を越えれば、もう戻れない。

でも、と思った。それでも。

――菫が欲しい。

一方的で身勝手な、欲としか呼べないような衝動。

俺は、道糸に引かれるように手を伸ばした。驚いたようにびくっと跳ねた彼女の腰を、ことさらゆっくり撫でた。怯えさせないように、他の男ではないと知らせるために。

すでに到着駅が近づいていた。列車がビルの谷間を抜ける時、影の差した窓に、彼女の微笑む顔が映り込んでいた。

彼女は確かに待っていた。手と文字くらいしか知らない男を。それで俺を待っていたとまでは言えないかも知れない。けれど、これからは違う。これから、すべてが変わっていく予感がする。

俯く彼女からは、甘くて淡い花の匂いがしていた。

俺は握りしめていたメモを、彼女のショーツに忍ばせた。連絡先と一緒に書いたのは、望みを掛けた本心だった。

『電車じゃない、別の場所で会おう』

11月11日（月）

彼女から返信が来た。名前だけの遠慮気味な内容。それでも嬉しい。彼女も続きを求めていると、確かめられたのだから。

これからどうしようか。楽しみが、できた。

3

『明日、予定が空いてればうちに来ないか？』

自宅を背に駅の方向へ歩きながら、私は携帯電話に届いた一通のメッセージを思い返していました。それが届いたのは昨日のこと。ちょうど昼休みに入り、昼食を食べに外に出ようとしている時でした。

メッセージを見た途端、携帯電話が手を滑り、床に落ちて転がっていきました。たまたまそこに居合わせた社長が、何やってんのと笑いながら拾おうとしてくれたけれど、私は慌ててしゃがみ込み、彼女の手を遮るようにしてそれを拾いました。

内容を見られたぐらいでは、なんてことありません。ただ、できればいろいろ詮索されるのは避けたい。びっくりした顔をしている社長に私は、手が滑っちゃってと誤魔化し笑いを返すのが精一杯で、逃げるようにその場をあとにしました。

昼食はどこか店でと思っていたけれど、食事が喉を通る気がしませんでした。

結局コンビニで買ったサンドイッチを持って、公園のベンチに腰を下ろしました。一度深呼吸をして、サンドイッチの包装を開け、でもまだ気持ちはそわそわとして一向に落ち着きませんでした。だってこんな、何の前触れもなく。かといって、思いもよらない内容だったと言えば嘘になります。

彼と連絡先を交換して、一週間が経っていました。あれ以来、何の音沙汰もなかったけれど、朝のあの秘密の行為だけはそれまでと変わらず続いていたのだから、いつかはこうなると薄々感づいてはいました。それどころか私はそのひと言をもらえるのを、たぶん……いえ絶対、待っていました。

『はい』

たったそれだけを返すあいだに、昼休みは終わっていました。

その後応答がないまま夜になり、ようやく返事があったのは、夜、自宅に帰った頃。

『じゃあ、明日の十三時に。昼は食べて来たらいい。場所は――』

簡素な文面で記されていた住所は、私の家と同じ最寄り駅圏内のものでした。少し遠いけれど、徒歩で行ける距離です。地図上で見れば、私の自宅は駅から南。一方、教えられた住所は駅と線路を挟んで北の方角。坂の多い地区――。


高台へと続くなだらかな坂を前にして、私は一度足を止めました。このあたりは新興住宅地で、街並みは綺麗に整備されています。道なりに植えられたトウカエデは紅葉し、錦色の落ち葉が歩道の上で舞っていました。

携帯電話に表示させた地図が指しているのは、この坂の上。一歩踏み出すと、足元で落ち葉がくしゃっと軽い音を立てました。

いけない、行っちゃだめだと、少しも思わないわけじゃありません。相手はあんなことを続けている人物。名前も顔も知らない相手。そんな男性とふたりきりになって、大丈夫なわけがない。

くしゃっ、くしゃっ。落ち葉を踏みしめながらつい思い浮かべていたのは、あの手がいつも与えてくれる甘美な快感でした。

毎朝、飽きもせずに二ヶ月以上も。短絡的で浅い欲求なら、そんな長い期間触り続けていられるでしょうか。誰でもいいのなら、名前を尋ねたりもしないはずです。彼の自宅がこのあたりだというなら、いつも同じ駅を利用していたことになります。だったらホームにいる時から私の姿を確認していたとしてもおかしくありません。

どんな気持ちで私を見ていたのか、何を思って名前を訊き、連絡先まで教えてくれたのか。なぜ、私を選んだのかを、教えてほしい。

全部、自分のしていることを正当化したいだけのこじつけかも知れません。名前を訊かれたのだって、私の警戒心を解くための罠だとも考えられるのに。

それでも、彼にひと目会ってみたい。

道なりに歩いていると、一棟のマンションが見えてきました。周りの建物よりひときわ背が高く、バルコニーのパネルはからりとした秋陽を反射させています。エントランスの入り口に掲げられていたのは、昨日教えてもらったマンションの名前。

中に入り、オートロック式の自動ドアの前で立ち止まると、坂道を上り終えた時以上に鼓動が速まり、息が苦しくなっていました。

インターフォンを押したが最後、後戻りはできない。こんなところにまでのこのこやって来ておいて、何かあってから後悔しても手遅れです。

傍から見れば、私は自分から檻に飛び込む獲物みたいに映ると思います。それも、自ら調理の下ごしらえを済ませて檻の扉を開ける、間抜けで、滑稽《こっけい》な。

昨夜、彼からの返信が来たあと、私はまず手土産をどうするか悩み、それから着る服で悩みました。部屋中をうろつき、結局選んだ服はブラウスもスカートも、カーディガンも薄手のコートも、それなりに気に入っている一着。最後まで決めあぐねた下着は、普段電車に乗る時身に着けているのと同じものを選びました。髪は、服に合わせてハーフアップに。度の入っていない眼鏡は、外さずそのままで。

初めてのデートでもあるまいし。そう思うと笑いそうになりました。そもそも、これはデートと呼べるのでしょうか。でもデートじゃないのなら、今日のこれは何と呼ぶのが正しいだろう。

答えが出そうにない堂々巡りを断ち切るように、私はインターフォンの番号ボタンを押しました。部屋番号、それから、呼び出しボタン。無人のエントランスに、チャイムの音が響きます。じっと見つめてくる黒いレンズから思わず目を逸らしていると、無愛想な音を立てて自動ドアが開きました。

そこに無言の問いかけがあるのを、私ははっきり感じました。この先に進むのも、踵を返して帰るのも、私次第。どうする?

少しも強要されないせいで、自分の本心ばかりが浮き彫りになる気がします。いつだって、私は自分自身の欲に抗えずにいる。

ドアの先には大きな鉢植えの観葉植物があり、間接照明でできた葉の影がこちらに伸びています。灰色のコンクリートの壁に、色味を抑えた内装。しんと静まり返るその空間を洗練されたものに感じるのは、ところどころに使われている無垢材がアクセントになり、冷たい印象をうまく和らげているからでしょう。

たとえばもしこれが映画のワンシーンだったら、こんな思わせぶりな扉をあっさりくぐろうとしている不用心な私は、真っ先に罠にかかる役に違いありません。フィクションなら、きっとそう。なら現実に、あの温かい手を持つ人が私を奈落に突き落とすだろうかと、考えたところで想像がつきませんでした。たぶん大丈夫。まったく、何の根拠もないけれど。

自動ドアが閉まりかけ、私は急いで中に入りました。

エレベーターに乗り、階数ボタンを押し、目的の階に着いたらエレベーターを降りて通路を進み――。何度も突きつけられる、後戻りするという選択肢を、私はすべて無視しました。

七階の、通路突き当たりの角部屋。ドアの前で、このマンションに入って幾度目かの深呼吸をしました。どくんどくんと落ち着きのない音が耳の奥で響きます。酸素が行き渡らずに痺れた指先を、「705」とあるインターフォンに伸ばしました。

呼び出し音が鳴ったあとに、数秒の空白。扉の向こうで物音がして、ガチャッと鍵が開きました。

ドアのあいだから顔を見せたのは、背の高い男性でした。

「あ、あの……」

裏返った声を出したきり、言葉に詰まりました。訪ね先は間違えていないはずだけれど、そもそも私には、この人があの人であるかどうかがわかりません。

そこに立っているのは切れ長の目が涼やかで、少し年上の男性でした。ぴんと張った糸のような、直線的で隙のない雰囲気。服はジーンズに、長袖のTシャツ。ラフな格好だけれど、上背があるからかシンプルな着こなしがあか抜けて感じる。

でも知らない人、と思いました。電車で見る限り、彼はスーツ姿で革のビジネスバッグを持っていたから、なおさらそう思ったのかも知れません。

緊張して黙りこくっている私をよそに、彼は落ち着いた口調で言いました。

「時間ぴったりだな。入って」

「――はい。お邪魔します……」

この姿に見覚えはないけれど、声には聞き覚えがありました。電車で聞いた声と一度結びつくと、この人の相貌から直線を思い浮かべた理由にも行き当たります。きっとあのメモの字が頭にあったから。きちんと角がある丁寧な字が、しっくりくる。それに、私が誰かを判断するのに少しの迷いもありませんでした。この人は確かに、電車のあの人。

　思い出したように心臓が早鐘を打ち始めました。

　私を招き入れたその人は玄関の鍵を閉め、立ち尽くす私を見て、ふ、と小さく笑ったようでした。

「そこにいたら冷えるから、上がって。飲み物、コーヒーで大丈夫？」

「あ……大丈夫です。ありがとうございます。あの……お邪魔します」

「さっきも聞いたよ」

　彼が部屋の奥に入っていくと、ふわっと煙草の匂いがしたように思いました。移り香か、はたまた気のせいかと思うくらい、ほのかな匂い。

　私は玄関でコートを脱ぎ、ドアの向こうに消えた背中を追いました。廊下の右手側にある部屋は、たぶん洗面室とトイレ。彼が開けていったドアは、ワンルームのリビングに続いていていました。

　間取りは単身者向けらしいけれど、ひとりで住むには広々としています。コンクリートの壁、陽が射し込む明るい室内、シックなインテリア。そこで仕事でもするのか、本棚には書籍やファイルが並び、その前にあるデスクには黒いノートパソコンが置かれています。窓際にはテレビがあって、毛足の長いラグの上にはソファーとガラスの座卓。デスクとは対称の位置にベッド――。

あたりを見回していると、こぽこぽとコーヒーを淹れる音と、いい匂いがしてきました。キッチンにいる彼が、所在なげに突っ立っている私に気づき、促すようにソファーを指差します。私は軽くお辞儀を返すと、鞄とコートを足元に置き、ソファーの端に腰を下ろしました。

壁が厚いのか、室内は集合住宅とは思えないほど静かでした。聞こえてくるのはキッチンからの物音くらいで、向かいにある大きな掃き出し窓を見ても、遠くにビルの影と、雲を引きながら飛んでいく飛行機が見えるだけで、何の音もしません。

まるで別世界みたい。この部屋だけが現実から切り取られて、遙か遠くに隔離されたような。そんな錯覚を感じていると、彼は砂糖の入ったストッカーとミルクの粉の瓶をテーブルに置きました。

「砂糖もミルクも好きなように使って。あらたまった来客なんて滅多にないから、こんなのしかないけど」

そう言ってマグカップと一緒に渡されたのは、一本のスプーン。作り物めいた雰囲気の中、不意に現れた生活感に、少しだけ気が緩みました。

「あの……どうぞおかまいなく。こちらこそすみません。手ぶらで来てしまって」

「……手ぶらって？」

「ご自宅にお邪魔するのに、何の手土産も用意してなくて……」

ふっと吹き出して笑われたと思ったのは、気のせいでしょうか。見上げた顔に、笑顔らしいものはありません。

「急に連絡したのはこっちだから。それに、返事も遅くなって悪かった」

「いいえ。今日は一日、空いてましたから」

「そう」

いったん背中を見せた彼が、キッチンからもうひとつマグカップを手にして戻ってきます。砂糖には手をつけず、ミルクの瓶から粉をひとさじ掬ってカップに入れると、彼はスプーンを回しながらソファーの脇に腰かけました。

私も自分のコーヒーにミルクと砂糖を入れ、スプーンを回します。ぐるぐるぐるぐるぐると混ぜていると、横から尋ねられました。

「迷わなかった？」

「えっ？」

迷う？　何を？

「道」

「――ええ、大丈夫でした。建物もすぐにわかりましたし」

一瞬、ここへ来るのを迷ったかどうか訊かれたのかと思いました。どっちにしろ、迷わなかったとしか言えません。過程はどうあれ、私はもうここにいるのだから。

私は自分の勘違いが気まずい空気に変わらないよう、話を続けます。

「……あんまりお洒落でびっくりしました。素敵な部屋ですね」

「ああ。新人の頃お世話になった事務所がデザインしたマンションなんだよ」

「建築とか……、インテリア関係のお仕事をされているんですか？」

私が言うと、彼ははたと気づいた様子でコーヒーを飲もうとしていた手を止めました。

「……そうか。仕事のことなんて知るわけがないよな」

私と彼とは、言ってしまえば親密な付き合いがある知人で、けれど初対面と同じぐらいお互いのことを何も知りません。卵を経ずに雛《ひな》が孵《かえ》ったような、不自然であり得ない関係。

あちらも同じようなことを考えたのでしょう。沈黙が流れる中、次の話題を探していると、彼はふと私を見ました。

「……名前」

「え……？」

「俺は柳だ。柳、直正。直すに、正しい」

「柳、直正さん……」

声に出して繰り返すと、想像上の人物が急に実体を持ったように感じました。

名乗ってもらえたことをやけに嬉しく思いながら、私も名前を告げます。

「私は香月です。香月、菫──あ、下の名前は……」

「知ってるよ」

「そう、でしたね」

みるみる顔が熱くなりました。

そうだ。下の名前は、ショーツに忍ばせた紙切れですでに伝えてあるんだった。私がしたそのことを、この人は知ってる。淫らな目に遭うとわかっている電車に私が乗り続けていることも、その秘めごとにひどく昂奮した体の内側の感触までも知られている。この人の記憶にある私の欠片を掻き集めたら、きっととんでもなく淫蕩《いんとう》な女ができあがってしまう。

静穏《せいおん》な眼差しから、つい顔を背けました。コーヒーから昇る湯気にあてどなく視線を彷徨わせていると、カップを置く音が耳に入ります。

「悪い。どうも緊張してるらしい」

漏れ聞こえたため息には、苦笑いが混じっていました。

「一応、言い訳をしておくと……常習犯じゃないから」

「常習犯？」

「痴漢の」

「……あっ。ええと……はい。あの、私もあんなことをしたのは初めてで。いつも応じてるとか、慣れてるとか、そういうわけじゃないんです。本当に……あの……説得力はないと思いますけど……」

彼にはなんとなく潔白な雰囲気があって、常習犯ではないという言葉にはすんなり頷けたし、誰かれかまわず手を出すような人にも見えませんでした。それにたとえ見かけによらなかったとして、私に何が言えるでしょう。

むしろ私は、彼にどう思われているかが気がかりでした。誰にでも応じるような軽薄な女だと位置づけられたくはないと、それこそ信じてもらえそうもない心の声を聞き届けたように、彼は言いました。

「そんなのはお互い様だろ。言葉どおりに受け止めておくから」

飾り気のないひと言が、すとんと胸に落ちました。

彼はコーヒーをひと口含み、暖を取るようにカップを両手でくるみました。物静かな横顔から内面をうかがい知ることはできなかったけれど、私の視線に気づいてそれとなく返された微笑みには、自分のそれそっくりの固さが見て取れました。

「初めましてと言うのは……ちょっとおかしいですかね」

「ああ、確かに。さんざん――」

私は思わずぎくりとしました。

あちらからは、また苦笑が。

話の矛先が核心をかすめるたび、どんな顔をしていればいいかがわからなくなります。たぶんそれは、彼も。

「……変な感じがするな」

「……そうですね」

とてもおかしな感覚でした。彼とは間違いなく初対面なのに、奇妙な親近感を覚えます。彼と私は秘密を分かち合った共犯者で、互いの脛に傷をつけ合った仲。外面を良くしようと頑張るだけ無駄だと感じるのはそのせいでしょう。

彼は口元にやっていた手を外し、おもむろに腰を上げました。

「今さら取り繕おうとしてもしょうがないか」

「え？」

彼は窓に向かうと、カーテンを閉めました。秋空の澄み切った青が、くすんだモスグリーンの布の色に遮られていく。それを、私は黙って見つめていました。

何も教えられなくても、私はその幕が引かれたあとに起こることをちゃんと理解していました。

陽射しが、細く狭まっていきます。まるで、ありふれた昼の場面を演じ終えた舞台みたい。暗がりに包まれたここは、誰の目も届かない帳《とばり》の内側。

振り返った彼には、薄紙を透かしたような淡い陰影がありました。

「――菫」

たったそのひと言だけで、私はあの場所に引き戻されました。朝の電車で、名前を囁かれた瞬間に。あの時言えなかった返事を、今なら返せる。

「……はい」

今日ここに来たのは、ただお喋りをするためなんかじゃない。自分の欲求を持て余しているのは私も同じ。私は、あのメモに書かれていたことを現実にしたくてここに来たのだから。

「おいで」

差し出された手に、私は緊張で震える手をのせました。ぐっと強く引かれ、彼の傍らに立ちます。

「初めてだな。こうやって向き合うの」

「……は、い」

喉の奥が貼りついたような、かすれた声になりました。息ができないほど動悸が激しくなり、伏せた顔を上げられません。

「こっち向いて」

「っ、はい……あの、すみません、ちょっと、緊張してしまって……」

しどろもどろになりながら俯いていると、頭上からぽんと声が落ちてきました。

「やっぱり人の目を見るのが苦手？」

「え……？」

「これ、度が入ってないだろ」

彼は私の頰に手を添え、親指で眼鏡を押し上げました。

「前から、伊達眼鏡にしては装飾とは別の意味がある気がしてた。バリアとか、仮面みたいな」

私は驚いて彼を見上げました。これまで、誰にも言い当てられたことはなかったのに。

凪いだ眼差しが、体のあちこちに突き刺さっている気がしました。もしかしたらこの人は、私が思う以上に私の中身を見破っているのかも知れない。

彼の推察どおり、私にとってこの薄い透明ガラスは、周りの目から自分を守る殻みたいなものでした。いい大人がこんなことをしておかしいのはわかっていても、殻を破られるのは服を脱がされるより抵抗がある。なのに彼の手は、真っ先に眼鏡へと伸びてきました。

「だ、だめです。本当に私……できれば、このまま」

「邪魔なんだよ」

「え？」

「飾りはなくていい」

「……柳さん」

「下の名前で」

「た……直正、さん。私……恥ずかしいんです。素顔を見せるのが」

眼鏡を外しにかかる彼から身を捩って逃げようとすると、いきなり抱き上げられ、そのままベッドに押し倒されました。

「っ――！」

心臓が握りつぶされたように痛みました。視界いっぱいに迫る顔にあったのは、皮肉っぽい笑顔。

「恥ずかしいって、あれ以上？」

あれ、が何を指しているかはすぐにわかりました。思わず顔を背けた私に唇を寄せ、彼が囁きます。

「そんなわけないよな。お前、電車ん中で俺にさんざん触られて感じてただろ」

強引に記憶を揺り起こす、青みのある静かな声。彼の唇は、耳たぶをかすめながら囁き続けました。

「なのに、今さら恥ずかしいなんて言うのか」

「そ、それでも……」

「だめだ」

「あっ……」

強く言い切ると、彼は私の眼鏡をさっと外し、ベッド脇のサイドテーブルに置きました。取り返そうと伸ばしかけた私の腕をベッドに押しつけて、彼が言います。

「ようやく素顔が見られた」

「っ、ん……！」

私の耳朶を挟んだ唇が、くすくすと楽しそうに笑いました。悪戯っぽくて、でも愉悦を含んだ笑い。

「これから先……絶対に隠すなよ。体も、顔も」

「どうして……っ」

「嫌いなんだよ。隠されるのが。嘘を吐かれてるみたいで」

「嘘……？」

ふと見上げた先にあったのは、声色とは裏腹に醒めた目。

「ああ……でも菫は、隠したいようなことをもう俺に知られてるか」

菫は。

ほんの一瞬、自分以外の誰かの存在を感じました。自分が誰と並べられたのかを尋ねたりはできないけれど、言われたことは、そのとおりだと思います。私にはもう、彼に何の隠し立てもできない。痴漢をし続ける側と、され続ける側。誰にも明かせない、剝き出しの欲求で私たちは繋がっているのだから。

「……知られてるのは、私だけじゃないはずです」

「お互い様って言いたいのか」

頷くと、彼は私の顔を覗き込みました。

「じゃあ、菫も変態なんだな」

「変……っ⁉　そ、そんな……違いますよ」

「違うって、何が？」

「それは——ン……っ！」

反論しかけた私の口を、彼の唇が塞ぎました。

「もし俺がタチの悪い男だったら、お前、とっくに犯されて使い捨てられてるよ」

「っ……ふ……っ」

何度も何度もキスを落とされ、息が苦しい。そのうち唇の重なりを開き、ぬるりと舌が割り入ってきました。頬がどんどん熱くなって、目を合わせていられない。口づけが離れた隙に顔を背けると、耳に甘やかな低音を吹きかけられました。

「自分がどれだけ危ない橋を渡ってるかもわからなくなるほど感じてたくせに、それで普通だって？」

「お、おかしいですよね……わたし……」

「……まあ、俺に言えることじゃないけどな」

彼は自嘲気味に零しながら私の両手を摑み、釘を刺すように言いました。

「このまま腕、動かすなよ」

軽く上げた腕を、ベッドに押しつけられました。彼の手が離れても、私は両手を下げることができません。腰に跨った彼が、シーツに縫いつけられたように動けなくなった私を満足そうに見下ろしていました。

ぞくぞくとした震えを連れて甦ってきたのは、自由を奪われた時の記憶でした。電車の隅に追いやられ、身動きが取れなくなるあの時と一緒。理不尽で、窮屈で、だけど私はこの人に暴かれていくのが、気持ちよくて堪らない。

私はシーツを摑みながら、伸びてくる手をただ黙って待っていました。

小刻みに上下する私の胸の上で、彼の指がカーディガンのボタンを外しにかかります。上からひとつずつ、ぷちん、ぷちんと器用に。合わせ目を捲られるところを見届けている私に、彼が言います。

「腕抜いて。背中も浮かせて」

その声音は柔らかく、とても落ち着いたものだったけれど、彼には逆らえない雰囲気がありました。こちらに向く双眸が、私の目を一直線に見据えたまま、離れてくれない。

カーディガンを取り去った手が次に向かうのは、たぶんブラウスとスカート。

「……隠すなよ」

「は、い……」

ごくんと息を飲みました。その丁寧な手つきには、自分がまるで貴重品にでもなったような気にさせられました。襟元にある小さなボタン、胸元、腹の上、スカートのファスナー。中身を傷つけない包装の開け方をよく知っているような、手慣れた動作――違う、そんなことは気にするべきじゃない。

腕を擱まれてブラウスとキャミソールを脱がされると、昨夜さんざん迷った挙げ句に選んだチャコールグレーの下着が見えました。

「次は腰、浮かせて」

露わになっていく素肌を隠したくてしょうがない。それなのに、やめてと言えない私はやっぱり淫らなのかも知れません。

息を止め、腰を浮かせているあいだにスカートを脱がされます。こうして大人しく協力してしまったら、自分で脱いだも同然になる気がする。そう思うと、目を開けていられなくなりました。

「目を閉じるなよ」

「……で、でも」

「言うことが聞けない?」

見れば何があるかはわかりきっています。男の人に組み敷かれた下着姿の肢体が、これから、どんどん乱れていくところ。直視しがたい、私自身の痴態。

　そろりと瞼を開けてすぐ、ブラジャーにかかった指がカップをずり下げました。隠したい、けれど、隠せば言いつけに背いてしまう。

「できるじゃないか」

「あ……っ！」

　からかうように笑った口が、私の乳首を咥えました。骨ばった手で乳房を握り、くちゅくちゅと先端を吸い立てながら、彼はもう片方の手を脚のつけ根へと伸ばしていきます。

「眼鏡がなくてもちゃんと見えるんだろ？」

「み、え……ます……っ」

「じゃあ、しっかり見てろ」

「…………はい」

　どうしてだろう。この人に対して逆らう意思がまったく起きないのは。私は強烈な羞恥に耐えながら、彼に乱されていく体を見つめていました。

　もしかしたら、彼から与えられていたあの快楽《えさ》には中毒性があったのかも知れません。

盲目的に彼を受け止め、従い、言いなりになるほど甘みを増す快楽。あれが、また欲しい。

ショーツのきわに指を這わせていた彼が、ふと視線を落としました。

「この下着とガーターベルト、いつもの？」

「そ……そうです……」

「こんな感じだったんだな。綺麗だ。それに濃い色味が白い肌によく合ってる」

「あっ、く……あ……ありがとう、ございます……っ」

会話の最中、秘部には指がのせられていました。淡々と言葉を交わしながら胸の尖りを執拗に舐って、優しく転がして。こちらはとうに翻弄され始めているというのに、彼は素知らぬ顔で布越しの割れ目をつうっとなぞりました。

「んっ……！」

「ガーターも、触りやすくていい。タイツを脱がさなくても直に触れる」

時々、目が合うたび、彼はふくらみにやんわりと歯を立てました。肌にあたる犬歯の鋭さに体がぶるりと震えます。すると彼は、私に噛《か》みつきながら愉しそうにその口元を綻ばせました。

ちょっと怖い。それを悦んでいる自分が。乳房が唾液に濡れそぼっていくのも、なんていやらしい光景だろう。

「そういえば、最初は普通のストッキングを穿いてたよな」

「ひ、ぁ……っ！」

ショーツにあった爪先が、問い質すようにかりっと花芽を引っ掻きました。思わず腰を跳ねさせた私にはかまわず、彼は質問を重ねます。

「なんでこれに変えたんだ？」

「ぁ、あっ、それ、は……っ」

かり、かり、と、回答までの制限時間を刻まれているように感じました。彼を見れば、答えを知られているのは明白です。でも私には、答え合わせに応じるしかありません。

「直正さんが……触りやすい、かと……思って……っ」

「親切だな、菫は」

「あ……！　んっ、んぅ！」

くくっと耳元で聞こえた忍び笑いは、回答できたご褒美。彼にとっては違うかも知れないけれど、私にとってはそうでした。

「それにどうしようもなく可愛いよ」

言うが早いか、彼の指が疼く秘芯ごとぎゅうっと媚肉をつねりました。

「――っ！」

声を殺して啼く私に、彼がわざとらしく訊きます。

「そんなに腰を跳ねさせて、どうした？」

「だっ、て……！　た、ッア……直正さんがっ……」

「俺が、なに」

「やっ、やだ、ぁっ……！　つ、つねらないでくださっ……！」

「肉を？　それとも、クリトリスを？」

「っ、あぁ……!!」

確信を持ってしこりを押しつぶされると、一瞬景色が白く飛びました。喘ぐ私を、彼が見ている。冷静さの奥に、劣情を滾らせた目で。

これまで味わったことのない昂奮に身を焼かれる思いがしました。熱せられてどろどろに溶けた蜜が、奥花から零れ落ちていくのがわかります。きっと布が濡れ、彼にもすぐ知られるでしょう。

涙を滲ませながら小声で、そこ、とだけ答えると、彼はおかしそうに笑いました。

「本当に恥ずかしがりだな」

「す……っ、すみません、でも……っ」

「だめって意味じゃなくて。焚きつけられて、もっと辱めたくなる」

「え――ッ、ああ、ぁ……！」

彼の指が小刻みに花芽を弄りました。新しいおもちゃがどんな動きをするか試すように、小突いてみたり、摘まんでみたり。楽しそうに遊んでいた手は次第に要領を掴んで、私から嬌声が漏れる一点ばかりを狙うようになりました。

「あっ、あっ、あっ！　そこばっかり、しないで……！」

「これだけ敏感なのに、よく電車で声を我慢できてたな」

「あれは、だって……それに今は、見られてるから……っ」

「見て当然だろ。よがるところを見るのは初めてなんだから」

「や、だぁ……！　恥ずかしい……！」

「こんなにクリトリス勃たせといて、それこそ説得力がないんじゃないか。ほら、布の上からでもどこにあるかすぐわかる。それに公衆の面前でこの奥を掻き回されるのを許したのは、誰だっけ？」

「あぅっ……‼」

ショーツの布ごとぐいぐい膣口を突かれ、私は無意識のうちに身悶えていました。薄靄がかかったような刺激が、じれったい。電車で内側をこねられた時に襲いかかってきた、あの時と同じものが欲しい。容赦なく、また追い詰められたい。

「答えろよ。誰？」

「あ……わたし、です……っ」

「ちゃんと、フルネームで全部。電車の中で、はしたなくイッたのは？」

復唱を求める声が、少しだけ上擦っているような気がしました。普段の彼をよく知っているわけではないけれど、それはたぶん、昂奮している声。彼の求めに応じれば、きっと私が求めているものも与えてもらえる。

「電車の……中で……あ、あ……はぁっ」

ひと言口にするたび、彼の指が窪みにどんどん強く押しつけられていきました。布が、ものすごく、邪魔。

「はしたなく……い、……イッ……た、のは……わたし……香月、すみ、れ、です」

「そう、本当にイッてたんだ」

私にのしかかっていた彼が、おもむろに体を起こしました。足元に移動し、私の膝を抱えて腰を浮かせ、それから。

「あぁっ！　だっ、だめ……！　そんなこと……っ」

私は思わずシーツを摑んでいた手を離し、彼の頭を押さえました。今それをされたら、おかしくなってしまう。

腿を摑む手にぐっと力を込められると、閉ざそうとした膝頭は呆気なく広がっていきました。抗ってみたけれど、彼の頭はもう両足のつけ根に埋まろうとしています。奥処に熱い吐息がかかったのと、私が観念したのと、どっちが先だっただろう。

「あの時、何を考えてた」

「あ……ッ！」

「菫」

そんなところで囁かないで。でも口から出たのは意味を持たないただの潤み声でした。布があるのもかまわず靡肉を甘嚙みされた時、歯が陰核をかすめました。びくっと痙攣してしまったせいでしょう。その場所は、彼に知られたようでした。

今日初めて言葉を交わしたその口に齧りつかれながら、私は急き立てられるように返事をしました。

「あっ、あっ……！　されてる、時は」

「ちゃんと想像できてた？」

「は、あ……！　はい……っ」

「犯されるのも？」

「は、い……っ、直正さんの……、言いつけどおりに……！」

「人のせいにばっかりするなよ。菫だってされたかったことだろ」

「そっ……そう、です……っ、私、触られるの、いつも、すごく気持ちよくて――

あぁぁっ、だめぇっ……!!」

たとえ直接されていなくても、どろどろに舐め溶かされてしまいそう。囁きながら噛まれて、唾液だか愛液だかでぐっしょり濡れた布地を滑らすように擦られて、体は限界寸前まで追いやられていました。

それに目敏く気づいた彼が、顔を上げます。

「イキたいなら、自分の口で包み隠さず頼まないと」

「たの、む……？」

「たとえば――お願いします、私をイかせて、ください」

この人は、私がどんなことに恥じらうかを驚くほどよくわかっている。自分の望みを伝えること。貪欲になること。理性がはしたないと眉をしかめることを、わざと私にさせようとしている。

ずくんずくんと下腹が疼くたび、警告が頭をよぎります。理性、葛藤、それを手放した先にあるもの。

「――直正、さん……っ」

この人は私がどんな素顔を見せても軽蔑したりはしない。それだけは、なぜだか信じられました。絡みついてくる眼差しに、少しも侮蔑の色はありません。最初に顔を合わせた時から、今でも。

従えばもらえる。そう手懐けられた体は悦楽を欲しがって、ねだるように悶えていました。その薄皮を剝いで、もっと私を見て。

「わ……私……っ、直正さんにイかされたいです……っ！」

「……俺に、か」

「は、はいっ……、直正さんにされるの、気持ちいいの……！　イ、イかせてください……お願いします……！」

なぜか驚いた顔をしていた彼は、表情を柔らかくして私のショーツに指をかけました。あっ、と声を上げた時には、足からショーツを抜き取られていました。

「……そうか。だったら――」

「あ……っ、ぁ、あ……！」

「ちゃんと応えてやらないとな」

指が柔毛をわけ、恥丘の割れ目をなぞりました。ようやく直接触れてもらえて、媚びるような吐息が漏れます。本能的に腰が浮かぶのも、おさえることができません。

「あ、んぅぅぅ……ッ！」

揃えた彼の指が泥濘に沈んでいきました。ぐぢゅぢゅっ……とみだりがましい音と同時に耳をかすめたのは、嘲笑。

「濡らし過ぎだろ」

ぞくぞくしました。肉壁をこじ開け、奥深くまで潜った指が、いいところをまさぐってくれる。

「あぁぁっ、だめ、もう……！　いっちゃ、う……‼」

恍惚の色合いが濃くなるのに比例して、蜜口から聞こえてくる音も大きくなりました。抜き差しを繰り返す指に立てられる、ぢゅくぢゅくというあぶくの音。

悦楽の涙で霞む目が、彼の指を捉えて離しません。根元まで埋まって、少し抜かれて、もっと深くまで埋められて。

「見ててやるから、我慢せずにイケよ」

「やっ……！　んあ、あ、アッ……！　み、見ない、で……ッ‼」

「これだけ見せつけといて、今さら何を言ってるんだ」

「あっ――」

彼の顔が蕩けた谷間に潜っていました。眉根を寄せてかぶりつかれると、恥じらいは遙か彼方に吹き飛ばされていきました。

指で突かれるだけでも気持ちいい。舌に舐められ、唇に吸いつかれれば、もっといい。意識が白んで、耳に入る喘ぎは遠くなる。

「いぁ、いっちゃ、う……!!　ただまさ、さっ……ぁ……っ!!　い、く――ッ!!」

声に出した次の瞬間、絶頂の波に襲われました。幾度も荒波に押し寄せられて、呼吸もままならない。潮の引き際に息を吸うと、喉からひゅうと引きつれたような音がしました。

「はっ……あぁ、ぁ……、っは……んくっ……、あ……」

海に溺れたみたいだと思いました。全身がわなないて、心臓もばくばく脈打っています。これを余韻と呼ぶのは、生ぬるい。呼吸が喘鳴《ぜんめい》するように少しも収まらないのは、嵐が去っていないことを体が予感しているから。

私の中には、まだ彼の指がありました。

「……気持ちよさそうだな」

「ぁ……ふ……っ!」

ぐりっと指を動かされると、白波が立ったみたいに体がざわつきました。吹き返しの風にあてられて、またぼんやりとした熱が灯ります。そもそも彼は達していないのだから当然と言えばそうだけれど、彼には端から私の昂ぶりを鎮めるつもりはないように見えました。

だらしなく垂れ下がっていた私の脚を押し開き、彼が言います。

「それに、やっぱりわかりやすい」

「なにが……ですか……?」

「ここ、菫がイクとすごく締まるんだよ」

お気に入りのものを披露するような口ぶりになりながら、彼は内奥で指を蠢かせました。

「指が苦しいくらいぎちぎちに締めつけられてる」

「んあっ……！　だ、って――んっ！」

力ない言い訳は、彼の唇に遮られました。ベッドのスプリングを軋ませ、彼が私にのしかかります。

「だって？　何か言い訳があるなら、聞くけど」

応酬しようにも真正面から迫られると、かあっと顔が赤らみました。口籠もっているうちに、またキス。私を頂きに追いやった舌が、今度は咥内に忍び寄っているのがわかります。唇を舐めて、歯列を割り、きつく吸われた舌は、つけ根がじんじんと痺れました。

「んんっ……、ふ、あ……、ん……」

「いつもひとりで乱れて恥ずかしい奴だな」

重なった唇からくつくつと含み笑いを漏らされると、くすぐったくて身悶えそうになりました。私は冷静さなんてとっくの昔に手放しているというのに、彼はまだ、一歩引いたところにいる。それが悔しくて、少し物足りない。

「……だったら……わ、私もします……」

「何を？」

「……直正さんに、気持ちいいことを。いつも、してもらってばかりだから……」

余裕ぶる彼に反抗心が湧いたからと思っていられたのは束の間のことで、自分の口から出たのは、反抗どころかいやに甘く、媚びるような声でした。

「したい？」

囁きは、確信犯のそれでした。

まるで彼の手のひらでうまく転がされているみたいだと思いました。悔しいのは、それがちっともいやじゃないこと。物足りないのは、彼が一緒に乱れてくれないから。これ以上ひとりきりなのは、あまりに寂しい。

私が素直に頷きを返すと、体内にあった指がゆっくり抜き去られていきました。

「なら、ちゃんとお願いするべきじゃないか？　何をさせてほしいのか、どうしたいのか。自分の言葉で」

「わ……私……」

酩酊したように頭の中がぐらぐら揺れ、摑みきれないほど細切れの情欲が駆け巡りました。私がしたいこと。まだ言えていない言葉。欲しいものなんて決まってる。いっそ懇願したいくらい。恥ずかしい、だけど。

「私……直正さんにもっと気持ちよくなってほしい。自信があるわけじゃ、ないんですけど。私がいつも感じてるのと同じ気持ちよさを、直正さんにも感じてほしいんです。だから、私からもその……さ、触らせてください……、お願いします……」

「……恥ずかしがるところを見るだけのつもりだったんだけどな」

彼は私を引き起こすと、腕を広げるしぐさをしました。

いざ体を差し出されると眩暈がしました。言ってはみたものの、自信なんてありません。経験が豊富なわけでもないけれど、手を伸ばさずにはいられませんでした。彼と一緒に溶けて、混ざり合いたい。

「た、直正さん」

ぼうっとした頭に、ぐあんぐあんと耳鳴りのような音が響いていました。自分から触れると思うと緊張で心臓が張り裂けそうなのに、指先まで行き渡る血流には、確かに官能のつぶが含まれていました。

私は震える手で、彼の右手を取りました。もしかしたら、無意識のうちに彼の中で一番よく知っている箇所を選んだのかも知れません。

両手で握った彼の手は、節くれ立っていて大きい。肌には骨の質感が浮かんでいて、爪は綺麗な三日月。すらりとしたその指先は、少し湿っていました。

「……汚して、ごめんなさい」

口を突いて出たそのひと言を、彼は黙って聞いていました。

私は先を促す視線に背を押され、指に顔を寄せました。引かれるだろうかと不安が頭をかすめたけれど、羞恥の度合いを示す針はもう振り切れているようです。

「あ、ム……っ」

舌を指にのせると、薄い潮辛さがありました。間違っても美味しいとは言えない蜜の味。自分の淫猥《いんわい》さを味わっているような嫌悪感は、くすぐったがるように指がひくつくと、微かな愉悦へと変わっていきました。

彼の手を捧げ持ち、中指と薬指を口内に招き入れます。時々彼は指先を曲げ、私の舌の表面に触れました。むず痒くて、ぞわりとして、甘えるような吐息が鼻から漏れます。

「はっ、ン、は……ンン……っ」

舌先に触れる私の味は、彼の手のひらにまで残っていました。唇の端から垂れる唾液を拭うのも忘れ、私は夢中で彼の手を舐めます。舌に引っかかる爪の感触、ごつごつした関節。これは、今まで数え切れないほど私に触れてくれた手。この手はどうして、私に触れたんだろう。

ちらっと顔を上げ様子をうかがうと、立て膝に頬杖を突いていた彼はくすりと笑い、目を細めました。

「いい眺め。ただ、いつまでも、とはいきそうにないけど」

私の口から指を抜き、彼は何気ないそぶりでTシャツを脱ぎました。思いのほか硬質で精悍な体を目の当たりにしたせいで、不意打ちをかけられたように鼓動が激しさを増します。

含みのある台詞を合図だと感じたのは、たぶん私も同じことを意識していたからです。

目のやり場に困って宙を漂いながらも、私の視線はジーンズのふちへ泳ぎ着きました。肌との境を見ていれば、金属のボタンより下も視界に入ります。そこに明らかな変化を見たからには、もう上気した顔を上げられそうにありません。

私は俯いたまま、彼のそこにそうっと指をのせました。ぶ厚いジーンズの上からでも、布地の向こうに張り詰めたものがあるのがはっきりわかる。内側から押し上げてくる、熱くて硬い肉の感触。伸びやかな直線をつい無言でなぞっていると、頭上から声がしました。

「そんなに物珍しそうにされると恥ずかしい」

おそらく彼は羞恥を感じたりしていない。たぶん私の方が恥ずかしくて赤くなっているはずです。頰も体も火照っていて、湯あたりしたみたいにくらくらする。

「す、すみません」

「もう何回か触ってるだろ」

「……はい。だけど気持ちよくなってるのは私ばっかりで……ごめんなさい」

「謝ることじゃないと思うけど」

「でも、朝のあの時に最後まで終わったことはない、ですよね」

「そこ、気にするところか?」

笑われたけれど、私には前から引っかかっていることでした。電車の中でスーツ越しに触れた彼の強張りは、ひどく苦しそうに思えました。到着駅が近づくと、彼はいつも高熱をいなすようなため息を吐きます。私はそれより先を知りません。

「あの――」

触ってもいいですか。そう言いかけて思い直しました。

さっきから何度も彼に言い含められています。したいなら、きちんとお願いをしなければ。何も繕わず、自分自身の言葉で。

「……私の口で……、直正さんのこと……気持ちよくさせてください……」

声に出した途端、ぞくぞくと背筋を震えが走りました。彼にも気持ちよくなってほしい。私にそれをさせてほしい。

「ああ、いいよ」

許しを得られた瞬間、どうしてだか心臓を掴まれたような気がしました。のぼせた体でにじり寄り、彼の下腹に手を伸ばします。もつれそうな指でジーンズのボタンを外し、ファスナーを下ろして前身をくつろがせると、顔を近づけ、下着の上にそうっと唇を落としました。

「……ん……っ」

鼻にかかったような声を漏らしたのは私です。

男の人の匂いがして、頭が麻痺してしまいそう。汗というより、性の匂い。惑わされるように唇を開け、そこにある塊を挟みます。わざとそうしたつもりはなかったけれど、私はさっき自分がされたことをなぞっていました。やんわり幹を甘噛みし、無遠慮に息を吹きかけ撫でさすっていると、それはぐうっと膨らみを増しました。

「っ……、は……おっきく……」

　私は熱に浮かされたようにふらつきながら、ジーンズと下着のウエストに指をかけました。布を引き下げると茂みが見えて、昂ぶりの先端が覗いたけれど、彼の助けがなければそれ以上は脱がせられません。

「……お尻、浮かせてください」

　彼は快く腰を上げてくれたけれど、その顔にはからかうような笑みがありました。

　頭上から絶えず視線を注がれているのを感じながら、私はジーンズと黒地のボクサーパンツをずり下ろし、現れた彼の猛りに触れました。皮膚は妙に滑らかなのに、鉄が仕込まれたみたいに硬い。浮き出た血管、張り出したえら、急角度でそそり立っているのは、彼も昂奮しているから。

　炙られた蠟のように融けた理性が、熱い雫となって下腹に滴り落ちていきました。熱の受け皿になった子宮が、まるで早く早くと急かすように、じくんじくんと疼きます。

　私は彼の両足のあいだに身を寄せ、そうっと彼の昂ぶりに唇をつけました。指先で陰茎を支え、舌を伸ばします。先端にぷくりと滲んでいた透明な夜露は、さっき彼の手から舐め取った私の体液とよく似た味がしました。

「っ、ふ……、ん、は……っあ」

　根元からゆっくり舐め上げていくと、ぴくりと反応の返ってくる場所がありました。裏側に走る筋のところと、くびれているところ。私は息が苦しくなるのもかまわずに、柔ら

かくした舌を何度もそこへ擦りつけました。いななく膨らみが、もっと大きくなるように。もっと熱くなるように。乾いたところがなくなるくらい、丹念に。

「……っ、……は」

頭上から抑えた吐息が聞こえると、体には陶酔の火が熾きました。

この感じは、電車であったのと同じ。たとえ直に触れられていなくても、条件反射で濡れるかも知れないと思った、あの時と。彼に尾を振る、従順な生き物になったような気分。そう思えば、とろりと溢れた先走りの液はそれこそ甘露で、私はますます夢中でその雫を舐め取りました。

私がすることで彼が気持ちよくなってくれている。嬉しい。

「……お前、されてもしてもいやらしい顔になるんだな」

「……そんなこと、ないと思いますけど」

「自分じゃわかんないだろ」

そのあと聞こえてきた息遣いには覚えがありました。到着駅が近づく頃によく耳にする、昂奮を宥めているようなため息。けれど今、その必要はないはずです。私だって恥じらいをかなぐり捨てているのだから、彼にも、我慢なんてしてもらいたくない。

「ただ、気持ちよくなってほしいだけです……」

「それは、ありがたいな」

「……せめてもの……お返し、です」

私は、唾液と粘液に塗れてどろどろになったかさを、手のひらにすっぽり包みました。彼の熱が逃げないよう擦り立てながら、陽根にも舌を絡ませます。上から下に、もっと下の皺があるところまで。

「菫」

「……なんですか……?」

「咥えて」

「……はい」

冷ややかな声が下腹に響きました。

この人、平然として見えるけど、たぶん内面はそうじゃない。気づくと、にわかに胸が騒ぎ出しました。

高ぶるほどふわふわ浮つき昇っていく私とは反対に、彼はどんどん深く潜っていく気がする。彼が纏う空気には、まるで深海みたいな静けさと、圧がある。だからさっき、私は海に溺れたように感じたのかも知れない。

息継ぎをして、先端を頬張りました。口の中がいっぱいになり、喋れない代わりに目でこれでいいかを尋ねると、彼は私の髪を撫でながら決まり悪そうに眉尻を下げました。

「悪い。任せようと思ったんだけど。されるよりする方が、性に合うらしい」

どういう意味だろう。わからずにいると、彼は私の後頭部に手を添えました。

「ン……っ?」

「噛むなよ」

　彼の手にぐっと力が入りました。両手で摑まれた頭が下へと押しつける力に負けると、口にあった塊が、喉に。

「ンンッ⁉　ッ、ン、ンゥ！」

　苦しくて悲鳴を上げたけれど、彼は手を止めませんでした。先端に喉奥深くまで侵入され、息苦しさで目に涙が浮かびました。

「ン、グ――ッ！」

「……いやならちゃんといやがれよ」

　深みのある低い声には、恍惚のとろみが混ざっていました。後頭部は手で押さえられ、口には杭を打たれているせいで顔を離せません。溜まった涙が、眦から零れ落ちました。口からも鼻からも息ができない。苦しい。なのに……どうして。

「はっ……ほら、息吸って」

「ふア……っ！　は、はぁっ……！　ンンン……ゥ！」

「……っ、気持ちいい。……菫」

　いったん離れた手は、私が息を吸ったのを見計らったように、また頭を押さえます。上下に揺さぶられる動きは、性行為の律動そのものでした。

　気道を塞がれ、呼吸さえままなりません。ひどい扱いを受けている、はずです。なのに、なんでいやじゃないんだろう。拒絶の意思表示だってしようと思えばできます。噛みつくことも、拳で殴りかかることも。けれど私は、肉茎に歯が当たらないよう精一杯口を開け、藁を掴むみたいに彼の腿に爪を立てています。えずきそうになるのも堪えて、熱の籠もった彼の言葉を嬉しく思いながら。

しばらく触れられていない秘部は充血して腫れぼったくなり、体の一番奥深くからは声がしました。

――この動きを、こっちにもください。

そそのかすような声は、頭上からも。

「……このまま俺をイかせたい？　それとも、入れられたい？」

「はっ、あっ……い、れ」

「ん？」

まともに思考は働いていなかったけれど、答えはもう決まっていました。

いつも、いけないことをしているんだと思っていました。悪いことをしているんだと。

そうやって何かにしがみついていた手は、もう痺れて力が入らない。

人から見ればおかしいと思われるでしょう。だけどこの暗がりで起きていることは、どうせ誰も見ていません。知るのは私と彼だけ。彼とは今日、初めて話したけれど、触れ合うのも初めてだけれど、堪らなく心地いい。これは理屈じゃない。

「はっ、は……っ、いれ、て……ください、お願いします……っ！」

答えると、彼は服を全部脱ぎ去り、サイドテーブルの引き出しからコンドームを取り出しました。パッケージを破るしぐさから目を離せずにいる私に、彼はそれとなく訊きます。

「渡したメモに、犯すって書いてあったのは覚えてる？」

彼は私の腰を摑み、四つん這いにさせました。同時に肩甲骨あたりを押さえられたせいで、腰が上がります。彼に向けて、お尻を突き出しているようなふしだらな格好。

「は……はい、覚えて、ます」

「どうやってされるのを想像してた？」

「……こ……こんなふうに……後ろから……っ」

手は腰の輪郭を滑り、お尻の丸みをくっと割り開きました。火照った粘膜が外気に晒されて、やけにすうすうします。外気と温度差があり過ぎて、もしかしたらそこから湯気が立っているかも知れない。

忍び笑いに合わせて、指がつうっとあわいをなぞりました。

「ただの妄想が現実になるな」

「……いいんです、いいの……！　お願い、本当のことにして——っあ」

蜜口に硬直したものをあてられたかと思うと、彼は私の背中に覆いかぶさり、呼吸を乱しながら囁きました。

「わかった、叶えてやる」

「あ、あぁぁぁ……っ!!」

彼の昂ぶりは、ただれた肉壁を容赦のない圧力でこじ開けてきました。

焼けた鋼に貫かれ、ずぶ濡れの体が性感を湧き立たせていました。嗚咽にも似た嬌声がこみ上げるたび、自分のひくつきが彼を締めつけているのがわかります。苦痛と紙一重の、強烈な快感。

「っはあ……!! はっ、はっ……!」

衝撃の音が聞こえそうなほど強く最奥を押し上げられ、私はシーツに縋りつきました。目が眩み、あたりの光景が砕け散って見えます。たぶん五感が誤作動を起こしているのでしょう。それなのに私の腰は接合する角度を正確に推し量りながら、より深い繋がりを求めて揺らめいていました。

浅ましく下半身をくねらせる私に、彼が呆れたように言います。

「……菫、お前……今、犯されてるんだろう? なのによくなってどうするんだよ」

「ごめん、なさ、ア……っ、でも……ッ!」

彼は私の腰を鷲摑みにし、抽送を始めました。諭すような丁寧さで、わざとらしいほどゆっくり。ぎりぎりの浅さまで戻っては、奥深く沈んで。振り幅の大きな律動に焦れて、脳が焼けつきそうだと思ったからでしょうか。どこからともなく煙草の匂いが鼻先をかすめた気がしました。

意識がふらりと寄り道をすると、それを問い詰めるような衝撃が襲いかかります。

「――でも、なに?」

「あっ……! そ、れは、直正さんの……もっと、お、奥に、欲しかったから……!」

「……素直だな」

「だって、こんな……きもち、いいなんて……!!」

こんな快感、知らない。この気持ちよさの前では、どんなに抗っても無駄じゃないかと思うくらい。

うなじに落ちた指が背骨をなぞり、背中でブラジャーのホックを外しました。柔丘に、手が迫る気配。縮こまった乳首をしごかれると、私の体は熱気に翻弄されたように舞い上がっていきました。

行く先は、さっき一度行った場所。針路を覚えている体は、迷いなく高みへと昇っていきます。ぐぢゅぐぢゅと泡立つ音に合わせて、一足飛びに。

「あ、あっ、あっ……!　い……っ!!」

頂きに辿り着く間際、不意に彼の昂ぶりが引き抜かれました。どうして、と思ったのも束の間、朦朧とする私を仰向けに返し、彼はすぐにまた私の中に押し入ってきます。

「あぁあっ!　だっ、だめ……っ……!」

それは、これまでとは異なる傾斜のある律動でした。そのうえ腿を摑まれ大きく両足を広げられたせいで、切っ先が腹の裏側を抉るように動いています。

私はかぶりを振りながら、絶えず蕩けた声を上げました。

「っ、そんなに悦ぶな。締まってもたない」

そう言って彼が微笑みを向けたのは、互いの下半身がぶつかり合っているところ。

「いやらしく根元まで咥えてる。見せられないのが惜しいな」

「やっ……!!　み、見ないで……っ!!」

反射的に手で茂みを覆うと、貫かれる角度は叱りつけるように鋭くなりました。

「絶対に隠すなって、言わなかったたっけ」

「あ、あ、あ……っ!!」

隠したい、隠しちゃいけない。ジレンマに陥り手を動かせずにいると、彼は軽くため息を吐きながら、だったら、と譲歩するように言いました。

「クリトリス、自分で触って」

「……えっ、あ……そん、なこと……っ」

「強がるなよ。さっき一度イキそびれてるくせに」

まさか、寸止めにしたのはわざと？

それを反撃の口火にすればいいのに、私はまだ和毛の上にある手を動かせずにいました。

「約束を守れなかったんだから、お願いくらい聞いてくれてもいいんじゃないか」

痛いところを突かれたはずの胸が、じんじんと甘く痺れていました。

従わなきゃいけない。誰に強いられたわけでもないのにそう思いました。約束を破ったのは確かだから。頭の片隅で、それが意図的に渡された免罪符だということはわかっていました。それでも……いい。

私は指を茂みに潜らせました。往生際悪く、甘言にたぶらかされたふりをしてゆっくりと。けれども自分の体を探るのは簡単で、あっという間に見つかった種に触れると、彼に押さえつけられている腰がびくっと跳ね上がりました。

「あっ！　ん……!!」

「そこ、どうなってる？」

「……っは、あっ……ぷくって、膨らんで……っ」

「……ほんと、いい眺めだな。……ほら、動かして」

「あ、ああ……っ！　は、い……っ」

私が首を縦に振ると、彼もまた腰を動かし始めました。突かれる時もよくて、抜かれる時も気持ちいいせいで、抽送は途切れ目のない高波を起こしていました。

吹き零れた粘液に塗れ、指先にある花芯はすでにどろどろになっています。ただでさえ敏感な器官は、自ら弄れば一番よくなれる強さで触れます。さっき掴み損ねた頂きにも、すぐに手が届きます。泣きそうになったのは、それがあまりに呆気なくて、あんまりにも気持ちよかったから。

「あ、あっ……!!　だ、め……わたし……もう……もう……っ！」

「そのままイケよ。もっと早く動かして」

止められなくてよかった。心の底から悦びながら私はかくかくと頷き、秘芽を擦り立てる速度を上げました。

雲路の先に見えてくる、真っ白な光。

「あ、あ、あ！　いっ、ちゃう……は、あぁぁ――!!」

一番奥に切っ先を叩きつけられた瞬間、手にした光は私の全身を丸飲みにしました。

靡肉が、痙攣しながら彼を締めつけていました。肉幹の口径いっぱいまで拡げられ、重苦しいほど。ひときわ大きなうねりが去ると糸が切れたように力が抜け、私の腕はベッドの上に滑り落ちました。

せわしなく息を吐き、ふと感じたのは違和感。それから、視線――。

「……やめていいなんて、言ったっけ……？」

「え……!?　あっ、あああ……!!」

達したのは私だけ。それを知らしめるように、急角度の強張りが再び私の膣奥を責め立てました。

果てたばかりの体はとっくに飽和していて、とめどなく生まれる陶酔を体内に留められずにいるようでした。蜜口から溢れ落ちたそれは、揺さぶられるたびにぴしゃぴしゃとしぶきを上げています。

「た、直正、さん……っ、もう、できな……！」

息も切れ切れに助けを求めると、彼は口角を上げ、私の手を下腹へと連れ戻しました。

「動かせ」

頭から浴びせられる、青白い炎を纏った冷たい声。

「ひ、ぁ……っ!!　い、や……っ、やだ、ぁ……ッ!!」

「いやってことはないだろ。指……もう動いてるんだから」

自分でさえ知らなかった欲望を暴かれたような気がしました。彼の言うとおり、私の指は知らぬ間に動き出し、陰核をぞろりと撫で上げていたのだから。

かたんと箍《たが》が外れる音を聞きながら、私はひどい思い違いに気づきました。気持ちよくて忘れていたけれど、私、犯されてるんだった。侵されて、蝕まれている。その証拠に、自我なんてもう跡形もない。残っているのは、言いなりになって悦んでいる淫らな肉体。

「ああ、あっ、は、ぁ……っ!!」

「……またイキそうになってないか？」

「あぁっ！　は、い……っ、いく……、イッちゃう……!!」

「止めずに続けろ。ほら、もっと……っ」

続けろと言われたから、私は痛いほど膨らんだ秘芽を弄り続けました。隠すなと言いつけられているから、穿つような眼差しからも顔を背けずにいました。髪はふり乱れ、顔も、涙とか汗できっと人には見せられないくらいぐしゃぐしゃだろうけれど。それでも見つめていたら、彼の呼吸には喘ぎが混じり始め、眉根は欲情の重さに耐えかねたようにたわみました。

その時、降って湧いたように抱いた欲求は、顔に表れてしまったのかも知れません。腿を摑む手が離れたかと思うと、彼は私に口づけを落とし、密かな願いを叶えてくれました。唇を重ねながら、彼の屹立は変わらず私に突き立てられていました。内側から打ち破るような激しさで、何度も何度も、何度も。私が喘ぐにつれ彼の動きが荒々しさを増しているのか、彼が行き止まりのさらに奥へ進むからせがむような嬌声がこみ上げてくるのか、理由も順番も、だんだんわからなくなってくる。

「……は、……菫……！」

「っ、ひ、あ……っ!!　あぁぁ――ッ!!」

快美なかすれ声と動きは子宮を貫き、私を悦楽の果てへと吹き飛ばしていきました。薄い膜越しに迸った白濁をねだるように、体がもう一度ぶるりと震えます。彼が私の中で達してる。そう思えば、心までも。

私は、彼の背中にそろりと手を回しました。汗の浮いた肌から伝わる体温、乱れた鼓動。体にかかる彼の重みも、心地いい。目を閉じ、繰り返される深い息遣いを感じていると、波間でふわふわ揺られている気分になりました。瞼の裏側に浮かんでいたのは、満ち足りた顔をしている自分。

そうか、私、ずっとこの日を待ち侘びていたんだ――。

カキン、と金属的な音が聞こえて、私はうっすら目を開けました。眠っていたわけではないけれど、長いまどろみから目覚めたみたいな気怠さが全身を包んでいました。

すでに陽が傾き始めているようで、カーテンの隙間から射す光の筋が、向こうの壁へと伸びています。部屋に漂う薄明かりの色調も白昼とは違い、ほんのり橙色。細い煙がたなびいていて、その先を辿ると、ベッドに腰かけた直正さんがライターで煙草に火を点けていました。

　ひと口呑んで、ゆっくり吐く。モノトーンの無声映画みたいに静かな動作をぼうっと見つめていると、彼は私の視線に気づいたようでした。

「悪い。煙草、いやだった？」

「あ、いいえ。私は平気ですよ」

「そう」

　言いながら、彼は煙草を灰皿に押しつけ、火を消してしまいました。淡々とした口ぶりではあったけれど、気遣いとしか思えません。灰皿には、まだずいぶん長い煙草がくしゃっと捩れて転がっています。

「……本当に大丈夫ですよ。意外に思って見てただけで。何度か匂いは感じましたけど、気のせいかと思うくらいほんのちょっとだったから」

「ああ……たいして吸わないし、壁のお陰もあるかもな。クロスよりは匂いが染みつかない。ただ寒い季節はものすごく底冷えするけど」

　そこまで口にして、彼は思い出したようにこちらに向き直りました。

　ベッドに横たわる私が身に着けているのは、ガーターベルトとタイツだけ。いつの間にかブラジャーは外れていて、服は床にでも落ちているのか見当たりません。今気づいたとばかりに鳥肌を立てた私に、彼は足元にあった羽毛の肌掛け布団を肩まですっぽりかけてくれました。

「……お気遣いありがとうございます」

「どういたしまして」

返ってきたのは、素っ気ないひと言でした。

目の前にいる彼からは、さっきまであった熱量は微塵も感じられません。よほど収めている器が大きいのか、それとも理性の壁がぶ厚いのか、本人は特別意識などしていないのかも知れないけれど、私からすれば、よくあれだけのものを隠しおおせていられるなと感心しそうになりました。

さっきは本当に、息もできないくらい激しかったのに。抱きしめる腕は力強くて、キスもあんなに熱っぽくて――と、頭の中で映像が再生されかけたのを、彼の声が止めました。

「そういえば、残念だった？」

「え？」

「ゴムつけた時にがっかりしたように見えたから。メモの内容、忠実に再現されたかったのかと思って」

「……そんなことは」

ない、と言い切る自信はありませんでした。たとえ否定したとして、今さら意味があるとも思えません。彼がサイドテーブルからコンドームを出したあの時、メモのとおりじゃないと思ってしまったのは、確かなのだから。

「……残念だったかも知れません。もちろん、妄想は妄想ってわかってますよ。だけど、その……、遮るものなく欲しかったというか……」

もごもごと口籠もりながら答えると、彼は不可解なものでも見ているような目を私に向けました。

「……信用されてんだか、菫が馬鹿なんだかわからないな」

たぶん、そのどちらも当たっていると思いました。人を見る目に自信なんてないくせに、私はなぜか彼を頭から信用しています。動物が飼い主に懐くのと同じように、言葉で言い表せるような理由なんてありません。他にいくらでも女性のいるあの電車で毎朝触れたせいかも知れないし、彼が言うように、単に私が馬鹿な女というだけかも知れない。なんだかおかしくて、私は自分に呆れ果てて笑ってしまいます。

「両方、ですね。そうじゃなきゃ、会ってみたいなんて思わなかったでしょうから」

きっと直正さんも呆れているだろう。そう思って見上げると、彼はほんの一瞬ぽかんとしたあと、伏し目がちにため息を零しました。

「……まずいな」

「まずいって、何が……」

「別に、たいしたことじゃないよ」

言うなり彼は、布団の中に潜り込んできました。寒くなったのかと思ったけれど、抱き寄せられると熱気でくるまれたように彼の体は温かくて、どうりで裸でいても平気なはずだと私は妙に納得しました。

胸元から顔を上げた私に、彼が前触れもなくキスをします。舌と共に送り込まれたのは、まるで火そのものを味わっているみたいな煙の匂い。

「ふ……っ」

「……今日、泊まっていかないか。化粧品とか、いるものがあるなら買ってくればいい。服は……洗って乾くまで脱ぎっぱなしでいいだろ」

頭に浮かんだその仮説は、私の顔を赤くさせました。

もし相手がタチの悪い男だったら、私は犯されて使い捨てられる。そう言ったのは、直正さん自身です。

もしかしたら、事を終えたけれどもまだ私は用済みになっていないのかも知れません。一度きりじゃなく、二度目もあると思っていいんでしょうか。

そんな思いを仕舞い込んだ胸は、少し苦しいくらいに膨らんでいました。


——なんだか冬籠もりをしてるみたいだった。

週明けの月曜日。駅までの道を歩きながら、私は週末の出来事を思い出していました。

一昨日から昨日にかけての一泊。私たちはまるで巣穴に潜って寒さをしのぐ獣のように、直正さんの部屋に籠もって過ごしました。

その彼とおそらくこのあと駅で会うのだろうと思えば、記憶の引き出しは何度閉めても勝手に開きます。今開いたままになっているのは、泊まることになったあとの場面。

コンビニに行くのに軽くシャワーを浴び、身支度をしてマンションを出る頃にはもう、時刻は夕方に差しかかっていました。

エントランスの自動ドアをくぐると、来た時よりも風は強く、冷たくなっていました。半歩ほど先を歩く直正さんが、羽織ったコートのポケットに手を入れました。私もコートのボタンをひとつ留め、下を向いたせいで少しずれた眼鏡を直します。

部屋で外に出る準備をしていた時、私は自分でも気づかないうちにサイドテーブルにあった眼鏡をかけてしまっていたけれど、彼から特別何かを言われることはありませんでした。

マンションの敷地を出て坂道を下り始めたところで、前を歩いていた背中が歩調を緩めて振り返りました。

「そういえば、ここまではどうやって来たの」

「歩きです。自宅から、二十分ちょっと」

「結構かかるな」

「それほど遠く感じませんでしたよ。この坂以外、道のりは全部平坦でしたから。あ……うちは南口にある商店街を抜けた先なんですけど……」

私は首を伸ばし、進行方向と同じ南の方角を指差しました。

坂を下った先は大通りにぶつかっていて、車やバスがちらちらと横切るのが見えました。左手には小さな公園。その奥にある大きな建物が駅ビルで、背景には住宅街が広がっています。

私は景色の中に自宅を探しました。三階建て、灰色のマンション。直正さんも私の人差し指の方向に目線を揃えてくれていたけれど、双眼鏡でもない限り、見つけ出せそうにありませんでした。

「すみません。見えるかと思ったんですけど、さすがに無理ですね。学生専用の小さなマンションなんです。本当は大学を卒業した時に退去しなきゃいけなかったんですけど、大家さんが特別に許可してくださって」

「へえ、よほど気に入られたんだな」

「ありがたく住まわせてもらってます。通勤にも便利ですし」

角を曲がってすぐにあるコンビニに着き、彼は買い物カゴを手に店内へと入っていきました。私も化粧品の陳列棚まで進んで目当ての商品を探しましたが、一泊で使い切れる量が入った宿泊用のセットは見当たりません。仕方なくクレンジングと洗顔料、それに化粧水と乳液の小瓶が入ったセットを棚から取りました。

どうやら私は、自分で思うよりも浮かれていたようです。会話が途切れるのが怖いとか、無理に話題を探そうとは思わず、とりとめもない話を続けていました。

「古めかしいマンションだから、直正さんのところみたいなお洒落な部屋には憧れます」

「結局、住みやすいのが一番だろ。あの部屋の見栄えの良さは俺も気に入ってるけど、勉強がてら住んでるようなもんだから」

「勉強？」

「ああ、大学の同期だった奴とふたりで設計事務所をやってるんだよ。図面引いて提案するにしたって、実際の住み心地は知らないとは言えないだろ。契約が切れるたびに引っ越してるけど、今のところは、これまでで一番生活しにくい」

部屋がモデルルームみたいに綺麗だったのも、やっぱり職業と結びついていたのだと知ると腑に落ちます。確証はないけれど、本棚に隙間なく詰まっていた書籍やファイルも、仕事に関係したものでしょう。彼の職場での姿を知る由はなくとも、言葉には実直さが滲んでいたし、心なしか他の話題より口数が増えた気がします。少なくとも、嫌いなもののために日々暮らしていく家を選ぶとは思えません。

仕事が好きなんだ。胸の内で呟きを零すと、憧憬とも羨望とも知れない感情が水紋のように広がっていきました。

「……努力家なんですね」

飲料品のショーケースを開けながら、彼はさらりと答えました。

「そんなつもりはないけど。人と接するところは葉山に——一緒に仕事してる奴なんだけど、そいつに頼り切ってるから。自分ができることをしてるだけ」

そうやって、自分にできることを当たり前のようにこなす人を努力家と呼ぶ気がしたけれど、本人にその自覚はないのでしょう。彼には鼻にかける様子も、かといって謙遜している様子もありません。

お茶のペットボトルを棚から取った彼が、ふとこちらを見ます。

「酒は飲める?」

「ええ、強くはないですけど」

頷くと、彼は隣の扉を開けました。

「どんなのが好き?」

「……できれば、甘いのが」

「じゃあ適当に買っとくから、あとで選んで」

そう言って、カゴにはビールと何種類ものカクテル系の缶が入れられました。持ちます、と言ってカゴに手を伸ばしたけれど、彼は首を振ります。

「いいよ。レジで年齢確認されたら面倒だから」

「え?　……いや、まさか。されるわけないじゃないですか」

ただの軽口だと気づいたのは、きょとんとした私を見た彼が、口の端を悪戯っぽく上げた時。

「冗談だよ。真正面から見たら、思ったより童顔だったから。本当のところは?」

「……二十六です」

「じゃあ二つ下か。だけど、眼鏡を外してたら案外わからないと思うけどな」

そう言う彼はすでにこちらに背中を向けていて、また冗談を言われたのかどうかはわかりませんでした。

店内を一周してレジに並ぶ頃には、カゴの中はいっぱいになっていました。おつまみに、パスタ用のレトルトソース、それから朝食のパン。食糧を買い込んで、まるでこれから冬籠もりでもするみたい。

部屋に戻った私たちは、布団にくるまって肌を重ね、空腹になればベッドを這い出て食事をとりました。

その時に話したのは、お互いの仕事の話題を少しと、実は降りる駅も同じだということ。あと、一緒に仕事をしているという葉山さんが、彼の親友だとうかがわせるような話題もちらほらと。

夜になると、室内は想像していた以上に冷えました。シャワーを浴びたあとは特に寒く、ベッドの上で布団を体に巻きつけていても震えるほどで、見かねた彼が服を貸してくれることになりました。

クローゼットから出された男物のセーターは着てみるとぶかぶかで、しかも下着をつけていないせいでひどく落ち着きません。

服のお陰か恥じらいのせいか、体が温まっていくのを感じていると、彼が肌掛け布団ごと私に覆いかぶさりました。

「ちょっとはましになった?」

「……ご迷惑をおかけしてすみません。服まで貸していただいて」

「その格好が迷惑な男なんていないから」

布団で作られたあなぐらの中は、互いの呼気でどんどん暖かくなっていきました。部屋の明かりも消されていたからそこは本当に真っ暗だったけれど、彼の表情が和らぐのが目に浮かぶ気がしました。

私を抱き寄せ、シャツの裾から手を潜らせると、彼は暖を取る時と同じ、ほうっと吹きかけるような呟きを漏らしました。

「あったかい」

「……私より、直正さんの方があったかい気がします。なんだか、体温が」

「だからって自分を抱きしめても空しいだろ」

「ああ……それもそうですね」

自分自身を抱擁する彼を想像して笑ってしまうと、体に密着していたぬくもりは接する角度を変えて私に口づけを落としました。

最初は触れただけ。いったん離れたあとは深く、水音を奏でながら奥まで。キスを重ねるにつれ酸素は薄まって、息遣いの速まった体を絡め合うほど、凍えるような寒さはどこか別の世界のことみたいに遠ざかっていきました。

翌日の帰り際、彼は残った化粧品を鞄に入れている私を見てひと言、「置いていけば？」と、なんでもないような様子で言いました。

彼の手で洗面台の棚に仕舞われた化粧品の小瓶には、まだかなりの量が残っていまし

た。だから私はきっと、近々また彼の部屋に行くのでしょう。予感がするだけじゃなく、私がそれを望んでいるのだから。


駅には、私の方が先に着いたみたいです。

快速列車を待つ列が、すでにホームのあちこちにできています。私はいつもの列に並ぶと、階段の方に目を向けました。続々とホームに降りてくる人混みの中にその姿を見つけたのは、それからすぐのこと。

彼は週末見たラフな服装とは違う、仕立ての良さそうなスーツ姿だったけれど、その手には見覚えのある鞄を持っていました。電車の中で、幾度となく視界にあったあの鞄。

腕時計から目を上げた直正さんも、こちらに気づいたようです。彼の周りにあった空気が、目を合わせた時ほんのちょっと柔らかくなったように見えたのは、気のせいでしょうか。

「おはよう」

「おはようございます」

横に並んだ彼に、私は軽い会釈を返しました。

駅にある風景は、これまでと何ら変わりありません。違うのは、彼が私と一緒にいることくらい。周りからすれば誤差にもならないほど些細な違いが、私にとっては新鮮でした。

隣から、静かな声が届きます。

「風邪引いてない?」

「はい。大丈夫ですよ」

「ならよかった」

まるで消毒されたみたいに清潔で、ありふれた会話。私は意味もなく眼鏡を押し上げ、向かいのホームから出発していく列車を目で追いかけました。

変に緊張してまともに彼の顔を見られないけれど、心は温かく、くすぐられたように弾んでいました。きっと、安心したんだと思います。これからはもう、透明人間を探すようにあてどなく視線を彷徨わせなくてもいい。

下り列車と行き違いになりながら、今度はこちら側のホームに列車が滑り込んできました。

ぱらぱらと乗客が降りたあと、倍以上の人数がドアに向かいます。ぼやっとしていたせいであとから続く乗客に背中を押され、気づいた時には、真正面に直正さんが立っていました。

あまり離れないようにと思ったのは確かだけれど、いくらなんでもこれは近過ぎる。それも、向かい合わせだなんて。

すぐ後ろでドアが閉まり、電車が動きだしました。

前までの私だったら、たとえこんな体勢でも無邪気に彼に身を寄せていたかも知れません。だけど今は、連想されるものすべてが生々しい。直正さんの声も息遣いも、匂いも律動も、くっきりと脳裏に刻まれています。邪《よこしま》な記憶を遠ざけたくても、私にそれを刻みつけた体が密着していました。

ちょっと照れますね、と笑って流せばよかったのに、たぶんもう遅い。自分にうんざりするくらい、耳が熱い。それに周りを意識すれば、おのずと会話は限られます。

項垂れているあいだに、レールを走る音はどんどん加速していきました。規則正しかった音がごうっとけたたましいものに変わったのは、鉄橋を渡り始めたからでしょう。

耳慣れた音が、頭に車窓の風景を描きます。鉄橋を渡り、交差点を過ぎ、それから踏切。警報音が、普段よりずっと大きく聞こえました。いつもだったら、このあたりで――。

「……そんなに身構えなくても」

不意に飛び込んできた声に、私は思わずびくっとしました。

小声とともに耳に吹きかけられた吐息をこそばゆく感じながら頷くと、彼がまた淡々と尋ねます。

「もしかして期待してた？」

横に振るつもりだった首は、何かに引きずられて斜めに傾いていきました。

私は、今日もガーターベルトを着けています。すっかり普段使いに慣れて深い思惑はないつもりだったけれど、朝、わざわざそれを選んだ時点で答えは決まっている。

もう一度、何かを振り払うように首を振ると、抑揚をおさえた返事がありました。

「……どっちだ」

小さな呟きには、間違いなく含み笑いが混ざっていました。

次の瞬間足元がぐらついたのは、揺れのせいだけじゃありませんでした。

直正さんの指が、私の下腹を指していました。まるで、そこに根を張るやましさを指摘されたみたい。ぎくっとして見上げると、彼は意味ありげに双眸を細めました。

――いやならちゃんといやがれよ。

頭をかすめたのは一昨日の記憶と、彼の言葉。

私が拒めばやめてくれる。直正さんはそういう人だと思います。その代わり拒まなかったら、この手はきっと躊躇わない。

戸惑いながら、私はあたりに目を配らせていました。寄り添う彼と、座席袖の仕切り板。そこにある隙間が死角になっているかどうかと、手の行方。

時間切れになったのか、人差し指はコートの合わせ目から前身の向こうに潜っていきました。

スカート越しに感じる、指先の細い感触。それは痺れの尾を引きながら恥丘を登り、頂上の分水嶺に差しかかると、迷いなく垂直に坂を下りていきました。

恥骨の曲線沿いに芯の上をかすめたあと、指は鉤《かぎ》のように曲げられました。その指先が押さえつけているのは、骨が途切れて窪んだところ。

これまでの過激さに比べたら、ずいぶんと単調な刺激です。指を引っかけられているだけ。だけど電車が揺れ、私がふらついても、指は釣り針みたいに食い込んだまま外れませんでした。

もしもその針を飲めばどうなるか、私はよく知っています。その味を覚えた体には、単調な刺激がむしろ辛い。記憶と紐づいた私の目は、媚と懇願を搦めて彼の手へと向かっていました。これじゃ奥には届かない、ちっとも足りない。

なのに彼は、私の期待に応えてはくれませんでした。

足元から炙られているみたいに、じれったくて仕方がありません。とてもじっとしていられなくてつま先立ちになると、ふっと微笑みが漏れ聞こえ、同時に指は離れていきました。

「菫」

「……え？」

「着いた」

直正さんが視線で電車の外を指すと、ほどなくして到着を知らせるアナウンスが流れました。

息が、情けないほど乱れていました。脈拍も、感情も。そんな私を尻目に、彼はふう、と浅い息を吐いたあとは眉ひとつ動かしません。こっちはやすやすと煽られたというのに、その手ごわさは、ちょっとずるい。

電車が駅に到着し、後ろのドアが開きます。夢現になっている私がバランスを保っていられたのはホームに着地したところまでで、それから少しも歩かないうちに、段差も何もないところで躓いてしまいました。

転びかけた私の腕をすかさず摑み、直正さんは困ったように笑いました。

「よくこけそうになるな」

「……足にちょっと、力が入らなくて……」

「なんでだろうな」

微笑んだままの、しれっとした軽口。私が恨みがましい視線を送ると、彼は悪戯な顔で受け流し、改札へと歩いていきました。

駅前の交差点で、彼は私が渡るのとは別方向の、線路沿いに進む道を指差しました。

「俺はこっちだから」

「事務所に出勤……ですか？」

「そう、朝は基本的に事務所。日中は現場に行くことも多いけど、今週はほとんど事務仕事。そっちは？　忙しいの」

「月のなかばだから、たぶんそれほどでも」

すぐに交差点の信号が青に変わり、周りの人たちが足並みを揃えたように歩き出しました。

彼もまた、じゃあ、と言って背を向けたあと、思い出したように足を止めました。

「ああ、そうだ」

「どうかしましたか？」

「また明日」

「……はい」

横断歩道を渡った先で、私は何気なく反対側の通りを見ました。立ち去っていく姿があるかと思いきや直正さんは軽くこちらを振り返っていて、私が慌てて会釈をすると、ふっと笑みを浮かべたように見えました。

もしかしたら、私がまた躓いたりしないかと心配してくれたんじゃないでしょうか。とんだ見当違いかも知れないけれど、そんな気がします。

会社へと歩を進めながら、私は徐々に増えていく彼の情報を、頭の引き出しに収めていきました。

柳直正さん。二十八歳。大学時代の友人と設計事務所を経営している、努力家。時々真顔で冗談を言う。意地悪なところもある。認めたくないけれど、私よりも理性は堅い。肌を重ねている時の記憶は、引き出しの二重底の中に。あと、それから。

余分な装飾がないせいでわかりづらいけれど、おそらく彼は、とても優しい。

その日以降、私はほとんど毎日彼と会うようになりました。平日は、朝の通勤時間に。週末は、会社帰りや彼の部屋で。私の日常に新たに加わった、直正さんの姿。

いつの間にか、季節は冬になっていました。

4

面談の最中、ふと目に入った卓上カレンダーが先月のままになっていました。もうひとつの円卓はよく応接に使われているから誰かが変えているだろうけれど、あとで確認しておこう。そう頭の片隅で考えつつ一枚捲って中央に戻すと、向かいに座る三枝くんが顔を上げました。

「――所感、ですか」

彼の手元には、新人向けに作られた薄い冊子が一部。配属後の業務に対する振り返りと、今後の目標を立ててもらうために作られたもので、最後の一ページには所感の提出を求める項目がありました。

「配属されてから半年が経ったでしょ？　目標と併せて、ここまで一緒にやってきた業務で興味の持てたものを書き出してほしいの。ちょうど今、来期の社内体制の策定が進んでるところだし、三枝くんの今後の担当業務を決める時の参考にもさせてもらうから。週末を挟んで……水曜までに出してもらえるかな」

手にしたペンで、手帳のカレンダーにしるしをつけました。

もう十二月かとびっくりしたのもすでに先週のことで、早くも一週間が終わろうとしています。この様子だと、年の瀬も駆け足で過ぎていくでしょう。

三枝くんと向き合うと、自然と後ろの執務スペースも視界に入りました。定時間際、それでもちらほら空席があるのは、時短勤務の社員がすでに退社したからと、社長始め営業の社員が取引先に行っているため。とはいえ直帰だとは聞いていないから、そろそろみんな帰社するはずです。

私がドアに目線を移すと、つられたように彼も一瞬、後ろを気にするそぶりを見せましたが、そのあとは資料の一点を見つめたまま、唇を固く結んで動かなくなりました。

どうしたんだろう。少し張り詰めた空気を感じていると、彼は意を決したようにぱっと前を向きました。

「あの、部署を変えてもらうのは無理な話でしょうか」

「えっ？」

それは思いもよらないひと言でした。

三枝くんは神妙な面持ちで、思いつきを口にしているようには見えません。けれどあまりに突然の申し出に、すぐには返事ができませんでした。

私の驚いた声が響いたのでしょう。瑞野さんが、ちらっとこちらをうかがうのが目に入りました。

「部署を変えるというと……つまり、経理以外に移りたいって意味？」

　私が声を落とすと、三枝くんはそれとなく居住まいを正しました。

「はい。実は、営業に興味が湧いたんです。それで……もし可能ならと思ったんですが」

　この会社は良くも悪くも小さな会社だから、本人の強い希望があれば多少は融通してもらえるはずです。部署異動となればさすがにすぐにとはいかないだろうけれど、前例はあります。来期は営業の人員を増やす予定らしいから無理な話とも思えないし、社内に籠もりがちな経理に比べて、最前線で取引先と関われる営業が華やかに見えるのも確かではあるけれど。

「フォローが足りてなかったとしたらごめんなさい。これまでに何か困ったことがあった？」

「いえ、それはありません。この会社に入れてよかったと思ってますし、経理の仕事がいやなわけでもないんですけど」

　はきはきとした歯切れのいい台詞が、むしろ上っ面なものに感じられました。

　問い詰めたりしないよう、冷静に。そうは思っていても、語気がおのずと強くなります。

「いやじゃないならどうして？　他に何か理由があるならちゃんと教えてくれないと」

「なんて言うか……この先自分がどんな仕事をしていくかがうまく思い描けなくなったんです」

「それは、業務のイメージが湧かないってこと？」

　考え込むように沈黙したあと、再び口を開いた三枝くんには、わずかな躊躇いがありました。

「新人の僕が言うことじゃないですけど……香月さん、課長代理なのによく雑務も頼まれてますよね。それも、経理の仕事とは思えないことまで。誰かがやらなきゃいけないのはわかるんです。だけど、それをもし自分にも求められたとしたら、やりがいを感じられるとは思えないというか……香月さんみたいに快くできる気がしないというか」

これが本音かと思うと、言葉が出るまでに間が空きました。

「それは、私が古株だからってだけの話で……」

場を取りなしたいと思ったものの、それ以上言葉が見つかりません。

執務スペースを背にしている三枝くんにはわからないだろうけれど、何人かがちらちらと私たちを見ては様子を気にしていました。

こういう時、オープンスペースは厄介です。普通に話せば筒抜けになるし、声を潜めればかえって注目を浴びてしまいます。ここはもう、切り上げた方がいい。

私は眼鏡を軽く押し上げ、そうっと深呼吸をしました。

「三枝くんの気持ちはわかりました。だけど私だけの判断で返事ができる話じゃないから、いったん保留にさせて。改めて面談の場を作るから、少し時間をください」

「……わかりました。よろしくお願いします」

立ち上がった三枝くんに続いて、私も席に戻りました。

私の向かいには、柘植課長が座っています。今の一件を報告しようかとも思いましたが、ちょうど電話を受けているところです。

　ひとまず席につき、タイミングを待ちながら考えました。報告するにしたって、いったいどう話せばいいだろう。もちろん包み隠さず言うしかありません。私のせいで、どうやら三枝くんを失望させたみたいです、と。

　誰かが近づいて来たかと思えば、瑞野さんがこっそりと私に耳打ちをしました。

「さっき変な空気になってたけど……三枝くんとなんか揉めでもしたの？」

「……いいえ。来期の話をしてただけですよ」

「そう？　ならいいけど……」

　言いながら、瑞野さんは三枝くんの方に顔を向けました。彼もこちらを見ているかどうか、私まで確かめるわけにはいきません。こそこそと話している姿を三枝くんが見れば、いい気はしないはずです。

「ちょっとお手洗いに行ってきますね」

　私は瑞野さんに断りを入れ、席を立ったその足でフロアをあとにしました。

　気を遣ったつもりが、もしかしたら逃げ出したみたいに思われたかも知れません。そう自嘲しかけてすぐ、思い直しました。みたい、じゃない。実際に逃げ出したんだ。

　洗面台のカウンターについた両手が微かに震えていました。鏡に今の自分の姿を突きつけられるのがいやで、顔も上げられない。

　教育係を任された当初は荷が重いと思っていたけれど、これまで三枝くんの優秀さに助けられてきました。見込みがあると、偉そうなことを思ってさえいたけれど、ある意味、私の見る目も間違っていなかったようです。彼の鋭い不意打ちは、私の痛いところを的確に突いていました。

早く戻らないと、みんなにどう思われるかわかりません。でも、刺さっているものが抜けない。体も、動こうとしてくれない。

「香月」

驚いて声がした方を見ると、トイレの入り口に社長の姿がありました。

「あ……お疲れ様です。戻られたんですね」

「ついさっきね。それより、何があったの？　もしかしたら泣いてるんじゃないかって聞いたんだけど」

つくづく風通しのいい会社だと皮肉に思ったくらいだから、たぶん、私はかなり参っています。涙こそ出ていないけれど、それはただ、ここが会社だから我慢できているだけのこと。

帰社してすぐに駆けつけてくれたのか、社長の腕には脱いだコートがかけられたままになっています。社長にこの話をしたのは、おそらく瑞野さんです。楽天的な彼女にそれほど心配されるなんて、さっきの私はどれだけ表情を強張らせていたんだろう。

「大丈夫、泣いてませんよ。思いがけないことを言われて……反省してただけです」

報告の順番としては柘植課長を飛ばすことになるけれど、遅かれ早かれ社長の耳にも入ります。場所が微妙とはいえ、周囲の目がないのはちょうどいいかも知れません。

実は――といきさつを伝えると、社長は洗面台に腰をもたれかけ腕組みをしました。

「なるほど、それでそんな顔になったのね」

情けなさでいっぱいの頭を下げると、おのずとその角度は深くなりました。

「すみません。新人にどう見られるかにまで考えが及びませんでした」

「なんで香月が謝るの。謝るべきなのはこっちよ。要するに、私たちが都合よく香月を使ってるように見えたってことでしょう。そんなふうに考えるのは大間違いだけど、馴れ合いがあったのも否定できないもの」

「だけど」

思うところはたくさんあります。

三枝くんの指摘に、私は少しも腹が立ちませんでした。むしろ、核心を突かれた気がして怖かった。やっぱり、私には荷が重すぎたんだと思います。新人を指導するなんてことも、そもそも人の上に立つような役目も。

言い返そうとしたけれど、即座に遮られました。

「後輩にまずいところを見せたと思ってるんだろうけど、それ、そっくりそのまま私にも当てはまると思わない？　新人にそんなひどい勘違いをさせた時点で、経営者としての私のミスよ」

タイルの壁に響く、潔い声。社長は洗面台から腰を上げ、気を取り直すように大きく背伸びをしました。

「とりあえず今日はもう帰りなよ。それとも気晴らしに飲みに行く？」

沈んだ心に、今朝ある人と交わした会話が甦りました。

――今日、泊まりに来ないか。

「ありがとうございます。でも……先約があるんです。せっかくなのにすみません」

「金曜だもんね。友達と？」

背伸びをする社長の顔は半分も見えないというのに、訳知り顔をされているような予感がしました。

「ええ、まあ」

たとえどんなに曖昧な境界線を引いたとしても、その人は友達ではありません。親しい間柄なのは、間違いないけれど。

言葉尻を濁して答えた私に、社長は悪戯っぽい笑みを向けました。

「香月さ、恋人ができたでしょう」

「……できてませんよ」

私とその人とは、毎日のように会っています。朝の通勤時間だけじゃなく、仕事帰りに食事に行くこともある。お互いの都合が合えば家に泊まり、一緒に街に出かけたりもします。そこだけ切り取って見れば、それは紛れもないデート。

だからと言って、私たちを恋人同士だと公言できる気はしませんでした。

電車では相変わらず触れられます。会えば当然のように体を重ねます。ならばセックスフレンドかといえば、そんな割り切った淡白な関係とも思えない。名前のない、私たちの関係。そもそも……直正さんにとって、私は何なのだろう。

私でも答えを知らないのだから、社長が腑に落ちない様子でいるのも仕方がないことかも知れません。

「なんだ、違うの？　物証もあったから絶対そうだと思ってたのに」

「……物証？」

「携帯を眺めてる時の雰囲気だったり、早く帰りたそうな日が増えたり。それに私、見たのよね」

朝、駅で男性と親しそうに話してるところ。そう言われるのを覚悟していると、こちらを向いた目が私のスカートの上に止まりました。

「ガーターベルト。ちょっと前だけど、香月が屈んだ時に見えちゃったんだ」

「えっ⁉」

思わずスカートの裾を押さえた私を見て、社長がからからと笑い声を立てました。

「着飾るタイプじゃないのは知ってるから、びっくりした。でも、すっごく色っぽかったわよ」

別にスカートが透けているわけでも、捲れているわけでもないのに、透視されたみたいで恥ずかしい。顔を熱く感じながら縮こまっていると、社長が思わせぶりに言いました。

「人って、恋をすると変わるのよね」

「……恋？」

誰でも一度は耳にしたことがあるようなありふれた台詞に、なぜだかどきっとさせられました。

社長に追及する気はなさそうだけれど、その代わり私が恋をしていると確信しているみたいです。だけど私は……恋をしたわけじゃない。そしてきっと、彼も。

「そうですね」

相槌を打ったものの、意図せず虚ろな返事になった気がする。それを頃合いと思ったのか、社長はコートを畳み直し、皺を伸ばすようにぱんっとはたきました。

「三枝くんの件は、柘植とも都合を合わせて話し合いましょう。その時にまた香月の考えを聞かせて。参考にしたいから」

先に戻ってるわと言い残し、社長は踵を返して出て行きました。

私も席に戻って、帰り支度をしようと思います。何かが心に引っかかっている気がするけれど、直正さんとの約束があります。その何かを跨ぐように一歩踏み出すと、ヒールがコツッと乾いた音を立てました。

ふたりで食事をとっている時も、店を出たあとも、その目に私はどう映っていたのでしょう。

曇り顔は見せていないつもりだったのに、部屋に入ってひと息つくなり、直正さんが訊きました。

「何かあったのか？」

反射的に否定しそうになったけれど、気づいた時には観念したような苦笑いが漏れていました。

「……どこかおかしなところがありましたか？」

「なんとなく、雰囲気が。食事中、やけにテンションが高かったから」

さらりと言って、直正さんはカーテンを閉めました。

演技とバレている空元気ほど情けないものはありません。その一方、見抜かれて気が抜けたようで、肩がふっと軽くなりました。

「顔には出さないようにしていたつもりだったんですけど」

「会社で何かやらかしたとか？」

「……なんだか、新人を失望させちゃったみたいで」

事情を打ち明けると、職場に置いてきたはずの落ち込んだ自分に、逆戻りしていくのを感じました。不甲斐なさとか、自責の念とか、何本もの棘が刺さっている胸がちくちくする。

たとえば直正さんが私と同じ役目を任されたとして、私と同じ失態をしでかすとは到底思えません。もし後輩がいるとすれば仕事ぶりを甘く見られたりはせず、きっと、あんな人になりたいと憧れてもらえるはずです。それに引き替え、私は。

コーヒーを淹れながら話を聞いていた直正さんが、両手に持ってきたマグカップをひとつ、ソファーに座っている私に渡してくれます。

「経理なのは知ってたけど、新人の教育係も任されてたとはな」

彼は私の隣に腰を下ろし、コーヒーに口をつけました。

受け取ったマグカップにはスプーンが入っていて、かき混ぜると、コーヒーに溶けたミルクの白い渦巻き模様ができました。あらかじめ砂糖も入れてくれていたらしく、ひと口飲めばほどよい甘みが喉を通ります。

「……もっと気を配るべきでした。先輩社員が雑用係みたいなことをしていれば、将来が不安になったっておかしくないですよね。だいたい私が今の立場にいる経緯なんて、新人は知らないんだから」

「立場？」

あっと思って口を噤んだ時には、直正さんはカップを傾ける手を止め、丸くなった目で私を見ていました。

「なんだ、役職でもついてるのか」

「……一応、課長代理を」

私はコーヒーを飲みながら渋々答えました。

似合わないと言って笑われる気がして、これまでその話題は伏せていたけれど、直正さんは単純に驚いたようです。

「初耳だ。すごいな」

「いえ、あの、小さな会社ですし。お鉢が回ってきただけというか」

「だからこそだろ。小さな会社で〝代理〟なんて、そうまでして役職をつけるくらい認められてるってことじゃないのか」

「それは……」

本当のところはどうかわからないけれど、そんなふうに言われれば嬉しい。なのに素直に喜べないのは、三枝くんの言葉がまだ刺さったままになっているからでしょう。

「だけど本当に、特別なことは何もしてないんですよ。誰にでもできることをやってるだけで……」

会社に入ってから、私は雑用でも何でもやりました。それは裏を返せば、まったくと言っていいほど自分の仕事に自信がなかったから。たとえただの雑用係としてでも、重宝されていれば安心できました。都合よく後づけされたものでもいいから、あなたじゃないとだめだと言ってほしい。そんな打算が、確かにありました。

これから社会人として登るべき階段の先にいるのがそんな人物では、三枝くんの足が立ち止まったとしても責められません。

いつの間にかコーヒーはなくなっていました。

「すみません、つまらない話をして。えっと……それじゃあ……」

空のマグカップをテーブルに置き、いつもみたいにシャワーを浴びに立とうとしたけれど、一向に腰が持ち上がりませんでした。

まるで欲情の収まっているところが凍りついたみたい。熱いシャワーを浴びたとして、それが溶けるとも思えないし、かと言って、ありのままを告げていいものかもわかりませんでした。約束を断ることも、食事を終えたあと帰ることもできたはずなのに、部屋まで来ておいてその気になれませんだなんて。そんな言い分、恋人でもあるまいし――。だけど。

これ以上直正さんに、下手な嘘は吐きたくない。

「あの、直正さん。今日……なしじゃだめですか……？」

「なしって、何が？」

「その……エッチを」

ようやく意味が伝わったようで、怪訝そうに眉をひそめていた直正さんが頷きました。

「ああ、そういうこと。いいよ」

「えっ……？　いいんですか？」

「なんだ、自分で言い出しておいて。気分じゃないんだろ？」

まさかごねたりはしないだろうけれど、冷たい返事があったとしても仕方がない。そう思っていただけに拍子抜けしていると、直正さんは冗談めかして言いました。

「課長代理からの指示には従わなきゃな」

「もう、からかわないでくださいよ」

力なく笑い返していると、直正さんはおもむろにソファーを立ち、私の前に回りました。

「……特別なことは何もしてないって言うけど、本当にそうか？」

彼から落ちてくる声も、その表情も、さっきまでとは打って変わって柔らかい。どうしたのかと不思議に思っていると、直正さんは私にすっと手を伸ばしてきました。

「こんな薄い眼鏡を盾にして、それでも毎日毎日同じ電車で仕事に行って」

「あ……」

彼の手が、私の眼鏡を取りました。

「そんな菫だから任されたものもあるんじゃないのか」

これは、もしかして励まそうとしてくれている？

度の入っていない眼鏡なのだから、外したところで見える景色は変わらないはずです。夜更けの部屋も、もうずいぶん見慣れたスーツ姿の直正さんも。だけど今、確かに視界が鮮明になった。

「それに頑張った証が、成果とか成功みたいに見栄えのいいものだけとは限らないと思うけど」

「……え？」

言うなり足首を掴み上げられて、ソファーに崩れ落ちそうになりました。反射的に肘を突いたので、倒れるまではいきません。腕で上半身を支え、しな垂れているような格好。

直正さんは戸惑う私をよそに足首を捧げ持ち、おもむろに腱を撫でました。

胸がどきんと音を立てたのは、彼の言わんとすることが理解できたから。

いったい、いつそれを知られたのでしょう。服を脱いでいる時か、それともまったく別の時か。ストッキングを履いているから、普段も今もあまり見えないはずだけれど、そこにはくすんだ傷痕があります。両足ともにあるそれは、背伸びをして合わない靴を履き続けたせいでできた、不格好な靴擦れの痕。

彼が微笑んだかと思った次の瞬間、私は驚いて目を見張りました。

「た、直正さん……、っ」

彼は私の足首に顔を寄せ、あろうことかそこに唇を触れさせました。笑みの形を残したままの唇を、他の誰も気に留めないだろう、私のかっこ悪いその痕に。手の甲に落とされるキスは、敬愛を意味するのだと聞いたことがあります。だったら、このキスが持つ意味はなんだろう。

顔を上げた直正さんに、何か特別な様子はありません。いつもと変わらず、いたって平然としています。けれど足首にぽんとのせられた手には、労わるような優しさがありました。まるで傷に絆創膏を貼ったあと、これでもう大丈夫と言われた時と同じような。

「ひとまず風呂に入れ。気落ちしたまま反省したってろくなことにならないから」

「……それは経験談ですか？」

「さあ、どうだったかな」

笑いながら、直正さんは私をぐっと引き起こしました。手を握ったまま連れてこられたのはバスルームで、脱衣室の扉が閉められると、直正さんの気配は遠ざかっていきました。足首にはまだ、唇の感触が焼きついたように残っています。そこから飛び火したみたいに、胸もまたぼんやりと温かい。

棒立ちであたりを見ると、洗面台には無造作にバスタオルが置かれていました。たぶんそれは、私のために用意されたもの。風呂上りに使う化粧水の場所もわかっています。鏡の横に据えつけられている棚の、目線と同じ中段。

見ないようにしたけれど、無理でした。

鏡の中にいたのは、頬を真っ赤に染めた自分。私は熱病にかかったみたいに目を潤ませ、今にも泣きそうになりながら笑っていました。

思い切って我慢するのをやめてみると、すぐに頬をつうっと涙が流れ落ちていきました。息苦しさも、嗚咽もない、春先の雪解け水のような嬉し涙。こんな温かい気持ちで泣いたのは、初めてでした。

胸に宿ったぬくもりは、刺さっていた棘をも溶かしてしまったようで、気づいた時にはもう、ほとんど痛みは感じなくなっていました。

私に続けて直正さんもシャワーを浴びたあと、部屋の明かりは消されました。

布団に潜った彼は、寒いと口にしながら私を背中から抱き寄せたけれど、温めてもらっているのはたぶん私の方です。

ただひとつ気がかりだったのは、お尻にあたる強張りのこと。

「……あの、本当によかったんでしょうか」

何を言われているか察しがついたようで、背後から苦笑いが聞こえました。

「そのうち収まるよ。それとも、さっきのは今後二度としないって意味だった？」

「それは…………違います」

ぼそっと答えると、直正さんは私の顔を正面から覗き込みました。

見えているのは薄青色の人影だけでしたが、意地悪な表情がありありと目に浮かびました。

「じゃあ、次に会った時は今日の分も上乗せさせてもらおうかな」

「う、上乗せ、ですか。それは、その……」

はっきり答えられずにいると、暗がりに浮かぶ影がくつくつと揺れました。

「すぐ狼狽《うろた》えるよな」

「……すみません。子どもっぽくて」

「いいよ、楽しいから」

「楽しい？」

「わざとからかって楽しんでるんだから、むしろ俺の方がガキくさいだろ」

その声が、だんだんこちらに近づいていました。けれど吐息が触れるほどの至近距離まで迫ったところで、気配がはたと立ち止まります。

「…………ああ、今日はなしだった」

これもまたからかわれているのかと思いきや、違うようでした。やけに長い沈黙を破ったのは、自嘲気味なひと言。

「変にかっこつけるんじゃなかったな」

「……えっと」

それを言うなら私も。変なお願いなんかするんじゃなかった。撤回しようとした寸前、唇は微笑みを残して離れていきました。

「おやすみ」

「……おやすみなさい」

しばらくすると、隣から聞こえていた呼吸は規則正しい寝息に変わりました。眠りに落ちたぬくもりに身を寄せれば、直正さんの心音が聞こえます。

私は目を閉じ、その音に耳を傾けました。歩調と同じような、ゆったりとしたリズム。うとうとしかけた時、何かに躓いたみたいにつんっと胸が痛みました。

それはたぶん、さっきひとつだけ溶けずに残ったもののせい。小さくて硬い、根の深い棘。

――直正さんと私は、恋人同士じゃない。

待ち合わせ場所の最寄り駅構内には、クリスマスツリーが飾られていました。改札前、時計台の脇の広場にあるそれは背丈が数メートルはあって、冬のムードを華やかに演出しています。林檎や星、雪の結晶をかたどったきらびやかなオーナメントに、ベルやリボン。グラデーションを描くように輝くイルミネーションをぼんやり眺めながら、私は直正さんが来るのを待っています。さっき届いたメッセージの様子だと、もうすぐ彼を乗せた列車が駅に着くはずです。

列車が着くたび、改札から出てくる人の数がどっと増えます。いったん落ち着いた人波が再び増え始めた時、改札の向こう側に直正さんの姿が見えました。

彼は時計台の下で待つ私に近づくなり、申し訳なさそうな顔をしました。

「悪い、遅くなった」

「大丈夫ですよ。本屋に行って時間をつぶしてましたから。あ、それとお店には少し遅れると電話しておきました」

「ああ、ありがとう」

頭上の時計が指していたのは、約束より三十分ほど過ぎた時刻。食事の予約をしてある店には、夕方直正さんから連絡をもらった時点で遅れると伝えてあります。

こうして会社帰りに自宅の最寄り駅で落ち合ってから食事に行き、そのあとは直正さんの部屋に泊まる。それが、この頃彼と会う時の定番になっています。

食事に行く店も、だいたいいつも同じところ。北口から駅を出て、向かったのは直正さんの自宅がある方向です。

大通りを渡って坂を上り、彼の自宅マンションを通り過ぎたあと、さらに緩やかな坂を上ります。高台に広がる住宅街のはずれにぽつんと建っている一軒家が、目的の店です。

隠れ家をコンセプトにしているらしく、その建物は庭木に遮られ通りからは見えません。看板もなく、店名はブリキのポストに小さく書かれているだけ。駐車場があるからかろうじて人家ではないとわかるけれど、知らなければこんなところに飲食店があるとは誰も思わないはずです。私がその店を知ったのも、たまたま会社の取引先が手がけている店だったからで、近所に住む直正さんでさえ最初は店の存在を知りませんでした。

初めて来た時、躊躇いながらくぐった蔦《つた》のアーチの先には、石畳のアプローチが続いています。その先に佇むモルタルの白い建物は、月明かりを受けてうっすら青白く見えました。

店内は、結婚式の二次会でもよく利用されるというのも頷ける、雰囲気のよさがあります。案内された窓際のカウンター席からは、夜の街を一望することができました。

金曜の夜とあって、こじんまりとした店内はほぼ満席状態。それなのに眺めのいい席を空けておいてくれたのは、このところほぼ毎週通っているのを店の人に覚えられたからかも知れません。

席につくと、直正さんは開いたメニュー表を軽くこちらに向けました。

「何にする？」

「このあいだは、チキンにしたんでしたっけ？」

「それは先々週。先週はポーク」

「じゃあ、今日は魚料理にしませんか?」

「ああ、いいよ」

店の雰囲気だけを見ればバーなのに、しっかり空腹を満たせるメニューがあるのがいい。そう言っていた直正さんの言葉どおりに、メニュー表の一番上には週替わりと書かれたディナーメニューがのっています。メインはビーフ、ポーク、チキン、それに魚の四種類。選んだのは地魚を使ったアクアパッツァと、前菜の単品を少し。それから飲み物にはビールとサングリア。料理との相性を考えたら白ワインあたりが良さそうだけれど、飲みたいものと食べたいものとが一緒になれば、必ず美味しくなると思います。それを以前直正さんに言った時には、「ただの味音痴じゃないか?」と笑われましたが。

スタッフにオーダーをする直正さんを見ていると、ふと、彼の雰囲気がいつもとは違うような気がしました。落ち着いた振る舞いは変わりないけれど、心なしか顔色が明るい。珍しいものを見た気になりながら、私はメニュー表を畳んだ彼に訊きました。

「……なんだか、今日はご機嫌ですね」

「そうか?」

「はい。なんとなくだけど、そんな感じがします」

この一ヶ月で発見した、直正さんのある癖。彼は図星を突かれると、疑問形で切り返すことが多い。だからきっと、この勘は合っているはずです。

「あったと言えば仕事でちょっと」

「いいことがありました？」

直正さんはせっかく上機嫌だった顔を引き締めて、軽くそっぽを向いてしまいました。案外、照れ臭いのか、ようやく彼が口を開いたのは、テーブルに運ばれたグラスをかちんと合わせて乾杯したあとでした。

「葉山とふたりで進めてる案件で、今日クライアントと現場に行ったんだけど、引き渡しが楽しみだってかなりはしゃいだ様子で言われたんだよ。喜んでもらえてるみたいで安心したっていう……それだけの話」

いつだったか、直正さんからちらりと聞いた家のことだと思いました。糸屋格子《いとやごうし》、葦簀《よしず》の引き戸、庭にはヤマボウシ。詳しいわけではないので、覚えている単語から浮かぶイメージは漠然としています。それでも優しいぬくもりのある家が建つんだろうなと思ったのは、朝陽が通り抜けるリビングになればと話していた時の、直正さんの穏やかな顔つきが印象に残っているから。

「それだけだなんて。直正さんも、もっとはしゃげばいいのに」

「いいよ、柄じゃないから。俺のぶんも葉山が大喜びしてたし」

「だけど嬉しかったんでしょう？」

返事はないけれど、たぶんこれも図星。彼はちょっと笑っただけで、話の先を私に向けました。

「そっちは？　落ち込んでたのは直ったのか」

三枝くんから手痛いひと言をもらったのは先週のこと。直正さんとは毎朝会っているけれど、こうしてまとまった会話をするのはあの日以来です。

「あれは……もう落ち込んでないですよ。吹っ切れました」

「新人の希望を通した？」

私はグラスを置き、首を振ります。

「いえ、引き留めました。本人はちょっと不服そうでしたけど」

「……意外だな。てっきり相手の希望を優先させると思ってた」

一時は私もそう考えていました。四方を丸く収めるにはどうすればいいだろうか、と。だけどたとえ角が立ったとしても、三枝くんの希望をすんなりと通すわけにはいきませんでした。半分は、彼には縁の下を支える適性があると思ったから。物怖じしない性格は一見営業向きだけれど、自分を曲げないところは、会社の屋台骨をしっかり組むのに活かせる気がします。残りの半分は、あそこで簡単に引き下がってはだめだと思ったから。

「直正さんの影響かも」

「俺が何かしたか？」

前菜が運ばれ、テーブルが一気に華やかになります。バケットに生ハムとトマトがのっているブルスケッタ。アボカドとサーモンのサラダに、厚切りで食べ応えのありそうな牛肉のカルパッチョ。目移りしそうになりながら、私はそれとなく言葉を足しました。

「……私、直正さんが羨ましかったんです。私は誰にでもできる仕事しかしてないし、たとえ褒められても自慢にはならないと思ってたから。だけどこのあいだ、直正さんに言われて思ったんです。もしかしたら、私も自分にしかできないことをやれているかも知れないって」

私はずっと、誰かに必要とされる自分を演じていた気がします。損な役回りにも手を挙げて、自分から都合のいい存在になろうとしていました。

動機は不純だったけれど、私なりに必死で頑張っていた。そんなちっちゃくて泥臭い自分も案外捨てたもんじゃないと思わせてくれたのは、直正さんがくれた素顔への評価。こんな自分でも認めてくれる人がいる。それをけなされたままじゃ終われない。

「だから、もっと胸を張ってもいいのかな、と。それで新人の彼には、口説く時間をもらえるよう説得したんです」

たぶん三枝くんも、引き留められたのは予想外だったのだと思います。

私は渋る彼に、私の真似なんかしなくていいと言いました。決して卑下したりせず、きっぱり言い切ると、不服そうだった三枝くんの顔にわずかな晴れ間がのぞいたように見えました。そしてそれは、同席していた社長の顔にも。

取りつけた猶予は三ヶ月。結果がどうなるかはともかく、私にできるのは、これまでと変わらず頑張ることだけ。

私の話に黙って耳を傾けていた直正さんが、ふ、と微笑みました。

「優しいな。さすが課長代理を任されるだけある」

「あ、からかってますね？　その手にはのりませんよ」

「感心してるんだよ。これは本当に」

「そう、ですか。てっきり……またいつもみたいにからかわれたのかと」

おもはゆくて、私は夜景に目を逸らしました。窓に映り込んだ直正さんの顔がこちらを見ているのに気づいたのは、立て続けにグラスを傾けていた時。

どうやら、最後につけ足したひと言が余計だったようです。横を向いた拍子に視線がぶつかり、彼は意味深な口ぶりで言いました。

「まあ、たまに大丈夫か心配な時もあるけどな」

「……心配って、何がですか？」

「ちゃんと隠せてるかどうか。特に、朝」

ただでさえ回り始めていた酔いが、ざあっと音を立てて加速しました。わざとらしく朝と強調したくらいだから、何を言わんとしているかは決まりきっています。心配と言いながら悪戯な顔をしている直正さんからは、秘密の匂いがぷんぷんする。

「……会社ではひた隠しにしてますよ」

「おくびにも出してない？」

「それは、もちろん」

メインの皿が来たのを助け船のように思ったのも束の間、料理を取り分けようとした私の手を遮って、直正さんは声を潜めました。

「我慢できなくて会社でしそうになりましたって、誰の台詞だっけ」

確かにそれは、私が彼に言った台詞。だけど言ったのは先月で、しかも、ついうっかり口を滑らせてのことです。

「あれは……！　だって、直正さんが……で、電車であんなことするから……」

「あんなことって？」

月曜から毎朝スカート越しにさんざん焦らされて、金曜にやっと直接触ってもらえたかと思ったら寸止めされた挙げ句、「続きは今夜」と、ひどいおあずけを食らった時のことですよと、たとえ小声でも抗議できません。私が会社のトイレで葛藤に苛まれたのは、紛れもない事実なのだから。

過ぎた話だというのは羞恥が薄まる理由にはならないらしく、酔って上気していた顔がますます熱くなりました。左の頬には、ひりひりするぐらい視線を注がれています。

「ほら、そうやってすぐ赤くなるだろ」

「だ、大丈夫ですよ。それにあれは……就業時間前でしたし」

私の苦しい言い訳が面白かったらしく、直正さんはくっと声に出して笑いました。

反論したくても、たぶん私では直正さんに敵いません。これまでの出来事を引き合いにして彼の弱みを突けば、もれなく恥や後ろめたさが自分に跳ね返って来ます。そのうえ、痛み分けが半分ずつになるとも思えない。

私はグラスを呷って空にすると、その勢いでおかわりを注文しました。アルコールが全身を駆け巡っていくのを感じながら、ブルスケッタを丸かじりします。

「いいじゃないですか、思い止まったんだから。だいたいあれは私のせいじゃないもん」

「――もん？」

「ずるいです、直正さん。私ばっかり、理性が弱いみたいに言って。いつも、ずるい」

「もう酔ったのか。確かに酒は菫の方が弱いけど、それ以外は俺も同じようなもんだろ」

「……そうでしょうか」

直正さんと会うようになって身に染みてわかったのは、彼の理性が堅牢《けんろう》だということ。

気持ちよさにすぐ耽ってしまう私とは、大違い。

不貞腐《ふてくさ》れた私を横目に見ながら、彼は取り分けた料理を美味しそうに口に運びます。

「ちゃんと理性があったら、ああいうこと、しないと思うけど」

〝ああいうこと〟に思い当たる節は多い、けれど。

「直正さんと私が同じだなんて思えないです。私と違っていつも……余裕たっぷりに見える」

私たちは同じ穴の狢。そのはずなのに、時々、穴の淵から悠々と見下ろされている気持ちになることがあります。私がいるのはもちろん、自分では這い上がれないくらい深い穴の底。いつも冷静な直正さんは、私とは別の場所に立っているような気がする。言い替えてしまえば、壁だとか温度差みたいなものを感じる。

瞼はとろんと重くなり、店内の賑わいが反響して聞こえます。おかわりのサングリアを置いて立ち去るスタッフの靴音に耳を傾けていると、直正さんが頬杖をついて言いました。

「じゃあ帰ったら見せようか」

「……何をですか？」

「理性を失ってるところ」

胸騒ぎを誘う、静かな声。押し黙ってグラスにちびちび口をつけていると、彼はまた、赤くなり過ぎと言って笑いました。


——ガチャン。ドアの閉まる音を背中で聞きながら、私はこっそり深呼吸をしました。このドアはもう何度もくぐったというのに、いまだに少し緊張してしまう。続けて鍵をかける音を聞くと、特に。口の中でお邪魔しますと呟くと、先に玄関を上がった直正さんは、どうぞ、と言って少し笑いました。

いつ来てもこの部屋は水を打ったようにしんとしていて、深く息を吸うと、仄かに煙草の匂いがします。

ハンガーにかけたジャケットをクローゼットに仕舞いながら、直正さんが私に手を伸ばしました。

「菫のも」

「ありがとうございます」

私のコートとスーツのジャケットをハンガーにかけ、クローゼットの取っ手に吊してから、彼はエアコンの電源を入れました。ピッ、ピッ、と操作音がするのは、どうやら温度設定を変えているようです。

「寒い?」

「いえ、それほどでも。酔ってるからですかね」

まるでぬるい空気の膜を一枚羽織っているみたいに、体の感覚がぼやけていました。酩《めい》酊《てい》とまではいかなくとも、直立しているはずの足元が揺らいで感じる程度には酔っています。

「結構飲んでたからな。飲み過ぎたんじゃないか」

「そう思ったなら、その時に止めてくださいよ」

「なんか面白いものが見られそうだったから」

直正さんはベッドに腰かけ、おもむろに私を見上げました。

「それで、さっきの話の続きだけど」

「さっきの?」

ぽかんとしていると、直正さんはネクタイをくつろげながら、ベッドの中央を顎で指しました。

「そこに座って」

まだ雑談の延長線上にいるとも思えたし、もう、何かが始まっているとも思えました。

その台詞に深い意味はないかも知れません。過剰に意識するのも変です。だけどこちらに向けられている楽しそうな表情には、裏がある気もする。

足音を忍ばせつつベッドにのると、マットレスがキシッと小さな音を立てました。すでに鼓動がうるさくなっているのを気取られないよう、そろりそろりと膝で歩き、中央あたりまで来たところで、私は後ろを振り返りました。

「……ここでいいですか？」

「いいけど……。菫、お前さ……」

感嘆しながら呆れ果てているような顔をされて、私は思わず目を泳がせました。自分自身、隠しごとがうまいとは思っていません。今、目を合わせたら、羞恥で揺らいでいる内面は筒抜けになってしまうでしょう。

「……なんですか……？」

「こっち見ろよ」

ぎこちなくうかがうと、案の定、心の内を見透かされたようでした。

「ほんとに恥ずかしがりだな。何がそんなに恥ずかしいんだ」

「……それは……直正さんと、ベッドにいるから」

「……え、それだけ？」

私が躊躇いがちに頷くと、彼は口元に手をやり、肩を震わせて笑いました。

「男のベッドに上がるだけで、そんなに恥ずかしい？」

「……いろいろ思い出して……どうしても意識してしまうから」

むしろ、意識するなという方が無理です。このベッドで、何度体を重ねたか。

直正さんはひとしきり笑ったあと、私の顔から眼鏡を取り去りました。

「なら、もっと恥ずかしいことをすれば、そこにいるのもたいしたことじゃなくなるんじゃないか？」

その論理が正しいのか、それともむちゃくちゃなのか、考えるだけの冷静さは眼鏡と一緒に奪われたようでした。

ここからすぐには手が届かない、サイドテーブルの上。眼鏡が置かれるのを見届けると、途端に心許なくなりました。身を守る殻を取られて、丸裸にされたみたい。不安で、だけどドキドキする。

「……もっと恥ずかしいことって？」

「自分でしろよ。そこで、ひとりで」

「するって……何を、ですか……」

要求されたのが何か本当はすぐ勘づいたくせに、私は思わずしらばっくれました。

動揺を隠そうとすればするほど顔が熱くなります。たぶん直正さんの目にも、とぼけ顔が紅潮していくところが映っているはずです。

彼からは、あくまで親切そうな返答がありました。

「オナニー、ひとりエッチ、自慰、どれなら知ってる？」

「そっ、それは……」

茹でられたみたいに赤くなっただろう私を見て、直正さんはふっと笑みを浮かべました。時折彼はわざと私を狼狽えさせては、愉しそうにします。彼自身そんな自分をガキくさいと揶揄《やゆ》していたことがあったけれど、子どもみたいに悪戯っぽいのはその手口だけです。今の彼にあるのは、匂い立つような大人の色香。少し嗅いだだけで、くらっとするほどの。

「……直正さん、酔ってますね？」

「それなりに。俺が我慢できずに菫に触ったら、理性を失ってる証明になるかと思ったんだけど」

「……それは……でも」

「酔いが少し醒めるまで。できない？」

心の中で、返答をのせた天秤がぐらぐらと揺れ動いていました。

私は彼に許しを求める目を向けた、つもりでした。けれど彼から返ってきたのは、微笑みと、指示。

「そのシーツを摑んでる手を放して。それから髪も解いて」

何気なく放たれたひと言が、容易く天秤を傾けました。

もしかしたら彼の視線は、私自身にも見えない心の底を捉えているのかも知れません。

握りしめていたシーツから手を放し、まとめていた髪を解いた瞬間、ぶるっと愉悦の震えが走りました。

「今度は、その手を胸に」

「っ……」

もう、耳まで熱い。

直正さんの目から逃れるように俯きながら、それでも私の右手は見えない糸に操られてゆっくり登っていきました。ようやく胸の膨らみに手を被せたところで、また指示が。

「左手も」

続けざまに届いた声は、今にも含み笑いが聞こえてきそうなくらい愉しそう。左の胸にのせた手には、ばくばくと激しい脈拍が伝わってきました。

「次は、服の上から胸を揉んで」

硬直する私をよそに、直正さんはベッドに上がり枕元に腰を下ろしました。

ヘッドボードに背を預けた彼は、何を言うでもなくこちらを見ているだけ。そこに催促するようなそぶりは少しもないというのに、ひどい焦燥感に駆られるのはどうしてだろう。

無意識のうちに生唾を飲み、私は指先に力を入れました。

「ん、く……っ」

シャツとブラジャーのごわごわした手触り。その向こうにある柔らかい肉の感触。私が手を動かし始めると彼は満足そうに目を細め、私もまた、奇妙な喜びに打ち震えていました。直正さんが喜んでくれるのは、単純に嬉しい。期待に応えられたのだとしたら、もっと嬉しい。

私は繰り返し胸に指を食い込ませました。だけど弱々しい動きでは布に阻まれ、肌をへこませる程度の刺激しか得られません。

「気持ちいい？」

声の主は、意地悪な顔をしていました。絶対、わかっていて訊いている。

「……恥ずかしいだけです」

「だろうな。もっとちゃんとやればいいのに」

「……やっぱり直正さんは……ずるい。ひとりだけ平気そうで」

「だから俺の理性を失くさせたかったんじゃないのか」

自分から誘惑することになるとは思ってもみなかったけれど、酔いはいつになく私を大胆にさせているようでした。

もし、直正さんからいつもの冷静さが剝がれ落ちたとしたら。もしも、その余裕のある顔の下に、私がまだ知らない素顔があるとしたら。

見たい。

襟のボタンを外すと、喉にあった締めつけがふっと緩くなりました。なのにひとつひとつボタンを外すごとに、今度は胸が苦しくなっていきました。少しでも手を止めたら二度と動けなくなりそうで、最後までひと息に外します。

「っ、は……」

私は背中に手を回し、ブラジャーのホックを外しました。はだけたシャツはそのままに、キャミソールをたくし上げ、浮いたカップの下から忍ばせた指で先端を挟むと、つんとした性感が鳥肌とともに肌を沸かせました。

「ふ……っ、ふぅ……っ」

耳に届く、自分自身の乱れた吐息。耳を塞げない代わりに、体がどんどん前屈みになっていきます。蹲《うずくま》りたい衝動に耐えながら目だけでうかがうと、直正さんは意外そうな顔で言いました。

「珍しく大胆だな」

「……ただ……酔っ払ってるだけです」

「ふうん」

直正さんはさして真に受けていないような生返事をして、サイドテーブルの煙草を取り、火を点けました。

片膝を立てて煙草を吸いながら、彼はじっと私を眺めていました。その視線に絡みつかれた途端、居竦んでしまったみたいに動けなくなりました。見られているというより、鑑賞されているみたい。そんなふうに感じれば、視線になぞられているのが皮膚の表面だけとは思えなくなります。直正さんが見ているのは、肉に隠れた私の内側。そこには、淫らな熱が溜まり始めていました。

「この程度でそれだけ赤くなってたら、これから大変だな」

「え……？」

少し気の毒そうに笑われると、ある予感がよぎります。

直正さんはわざと私を狼狽えさせることがあると思ったのは、ついさっき。彼に欲情が灯った瞬間を、見た気がしました。

「上、全部脱げ」

自分のひと言がどれだけ私の下腹を引っ掻くか、直正さんは知っているのでしょうか。爪痕のついたところが甘痒くて、我慢していないと呼吸に喘ぎが混じってしまう。

私はシャツとキャミソール、ブラジャーから腕を抜き、畳んでベッドの片隅に置きました。胸元を手で隠している私に、彼はこともなげに指示を重ねます。

「両手で乳首を摘んで」

「いっ……！　いや、恥ずかしいです……」

「やめる？」

心臓は壊れそうなほど乱れ打ち、これ以上を想像すると気が遠くなりました。だけど体にはもう火種がばら蒔かれています。しかもこれは、私には消せない火。

呻きながら首を横に振った私に、直正さんが笑いかけます。

「ほんとに従順だな。ほら、手を動かして」

「んっ……！」

汗ばむ双丘に両手を重ね、中心の蕾に指を伸ばします。そろりと触れただけで小さな稲光が生まれ、軽く摘むと、その痺れは通り道の神経を溶かしながら全身へと駆けていきました。

「ひぅ……、ん……う……っ」

「もっと強く。痛くなるまで」

「んぁ、あ、あっ！」

下腹の奥底が鷲摑みにされたみたいに引きつれて、私は思わずぎゅっと目を閉じました。いつもなら何か指摘されそうなものを、今日は何も言われません。ただ、見逃してもらえるのはそこまでで、私がどんなにまごついても指示が取り消される気配はありませんでした。

強く、強く。心の中で唱えながら、突起を摘まむ指先に力を込めていきました。しくしくしていた感触がジンジンとした痛みに変わったところで、自然と指が止まります。

「あ、っは……、……もう、い、たいです……」

「あと少し、強く」

「っ！　は、んんんんっ……！」

「緩めるなよ」

「はぁっ、は……っ、はい……」

涙が出てくるのは、脈打つような痛みのせい。それなら奥処がじわっと溶けたように感じるのは、どうして。身動ぎした拍子に、秘花からぬるい液体が溢れます。ショーツが湿り気を帯びていくのをいやでも感じながら、私は自分の乳首を苛み続けました。

「はっ……あ、……い……あぁ……！」

直正さんが吐き出した紫煙が、中空でゆるりと渦を巻いています。漂っていた吐息の形が跡形もなくなる頃には、私の頭も正体を失くしてぐちゃぐちゃに搔き乱れていました。鋭いはずの刺激と痛みが、今となっては気持ちいい。視線と羞恥も。言いなりになっていることも。

知らず知らずのあいだに、私はねだるような動きで太腿を擦り合わせていました。

「――手を離して」

「……はあっ、あ、あ……っ」

直正さんが煙草を吸い終わるまで、どれくらいの時間だったでしょう。ほんの数分だろうけれど、ずいぶん長い時間に感じながら手を離すと、つぶされていた蕾は花が開くように、安堵と少しの物足りなさを綻ばせました。

火照りはもう指先まで行き渡っています。余熱にしては十分過ぎるほどだというのに、この体は貪欲なようで、寒そうに震えながらしきりに人肌のぬくもりを求めていました。

触れて欲しい。直正さんに触られたい。

「脱いで。全部」

「……は……い」

また、愛液が零れる感触。

私はスカートのファスナーを下ろし、腰を浮かせて足を抜きました。ガーターベルトとストッキングを脱ぎ、残すはショーツ一枚というところで立ち止まっていると、直正さんの唇がたしなめるように、全部、と動きました。

私は再び目を瞑り、ショーツを脱ぎ去りました。

剝き出しになった肢体に、ひしひしと視線を感じました。首から肩に。自分自身にいたぶられて赤みがさしている乳房と、泥濘を隠そうと必死に足を閉じ合わせている下半身にも。

直正さんに軽蔑するような気持ちがないのはもちろんわかっています。けれど彼は着衣に少しの乱れはなく、片や私は一糸纏わぬ姿。

ひとりで痴態を演じる心細さに耐えきれず、私は思わず彼の足元ににじり寄りました。

「……直正さん」

「どうした？」

「お、襲います……」

勢い任せのひと言は、軽口でも冗談でもない本音でした。

自分にのしかかってくる私を見て、彼は驚いたようです。

「本当に珍しいな。どうしたんだ？」

「もう、焦らさないでください……お願いします」

彼の理性を試し、あわよくば私より先に情欲に堕ちるところを見てみたいと思っていたけれど、そんな建前はすでに消え失せていました。

「直正さん……」

胸の内で何度も名前を呼ぶうち、いつの間にか声になっていました。はあはあと獣じみた吐息を隠しもせず、彼の腰に跨ります。

「理性を失くしてるのが私だけでもいいですから……だから、もう」

「安心しろ。そんなことはないから」

呆れたように言って、直正さんはネクタイを解きました。

私は甘い期待に胸を膨らませながら、彼が服を脱ぐのを見つめました。シャツもスラックスも下着も脱いで、裸になるなり抱きつくと、彼は肩を揺らして笑いました。

「酔っ払い」

「ごめんなさい。今日、変です。なんでだろう、我慢できない……」

体に灯る火も、触れている相手に燃え移ればいいのに。そんな気持ちが届いたのでしょうか。彼はふと横顔を見せ、からかうように言いました。

「襲うんだろ？」

そう言って直正さんがサイドテーブルから取り出したのは、小さくて四角いパッケージ。くらくら眩んだ目に、頷く以外の選択肢は映りませんでした。

私は真下にある体にぎこちなく手を伸ばしました。胸板にあるしなやかな筋肉と、骨の硬い質感。へそを通り過ぎ、薄膜をつけられた屹立に指を添えると、下腹がせびるように疼きました。

「おっきく……なってます……ね」

「だから何度もそう言ってるだろ」

私はふらふらと吸い寄せられるように腰を落としていきました。そそり立つ先端が秘裂に触れて、眩暈がさらにひどくなります。

「は……っあ……」

腰をずらすと、切っ先がつぷりと蜜口を割りました。

互いの形が寄り添うように重なっていたのはその時までで、ちょっとでも体重をかけると、内側から押し拡げられるような圧力を感じました。まるで自分自身に楔《くさび》を打つみたいに思ってつい動きを止めていると、前触れもなく下から手が伸びてきました。

「じれったい」

「えっ⁉　あっ……！　あああっ——！」

腰を摑まれたかと思いきや、直正さんは私を力づくで自分へと引き寄せていきました。下から食らいついてくる、衝撃にも似た快感。自重をかけて強張りを飲んだせいで、最奥を突き破られてしまいそう。

「あ、あ……っ！」

「は、……いつもより熱い。酒のせいか？」

狭い器官を埋め尽くされた息苦しさに喘ぎながら、私のそこははしたない蠕動《ぜんどう》で彼を締めつけていました。蜜を垂らしてまで待ち焦がれていたくらいだから、隘路はさらにどろどろに溶けているでしょう。

直正さんと繋がっているのは、そこだけ。体のほんの一部分だけです。だけど、直正さんとのあいだにほんのちょっとの隙間もない場所があるんだと思うとやけに嬉しくて、彼の首にしがみつかずにはいられませんでした。

「菫」

声につられて顔を向けた私に、直正さんはキスをくれました。

汗ばむ肌と肌とがぴったり密着していました。吐息を混ぜながら唇を食み、舌を優しく吸い立てられると、烈火のようだった快感が炎の形を変えていきます。体内に息づくそれは拍動するようにゆらゆら揺らめいていて、まるで生きているみたい。

惚けていると、叱るようにぐっと強く突き上げられました。

「んあっ！」

「悪いけど、こっちももう我慢できそうにない」

「た、直正さ……っ」

「だから、ちゃんと動け」

私は直正さんの肩に手をかけ、彼にのせた腰をくねらせました。大きく上下に動くより、擦りつけるようにした方が気持ちいい。抱きついていたいけれど、上半身をちょっと反らした方がいい。それが私だけに言えることじゃないと、腰に食い込んでいく彼の手が教えてくれます。

「あ、あ……っ、く……ん……！　あ……！」

ぐちゃぐちゃと粘ついた音があたりに響いていました。その音を奏でることになるとわかっていても、腰は止められません。私を映す直正さんの目には、熱が宿っています。彼の吐息が乱れていくのも、時々喘ぐのも、私のせい。甘い悦びが湧いたのは、いつもの下腹じゃなく、胸の奥。

「直正さ……っ、気持ち、いい……っ？」

「ああ……すごく」

「ん、あ……、あっ……直正さん……っ、私と一緒にイこう……？」

「……もう？」

「いっぱい動きますから、だから……っ」

「じゃあ……我慢しないようにするか」

その時、直正さんがにこりと微笑みました。意外に思った隙にぎゅっと乳首を摘ままれ、嗚咽じみた嬌声が溢れ出てしまいます。

「──ッ、あああっっ!!」

音もなく忍び寄っていた直正さんの左手が、もう片方の乳首も捕らえました。

ゆさゆさと体を揺さぶられているうちにどこかで振り落としてしまったのか、私の中に恥じらいはもうありませんでした。

肉と肉がぶつかる鈍い音。耳を苛む、私の喘ぎ声。淫靡な水音。つうっと乳房を伝って滑り落ちた指先が、ふたりの接合部を指しました。

「腹、びちゃびちゃ」

見れば、私の太腿どころか直正さんの下腹までも、吹き零れた粘液でべったりと濡れていました。

「あ、ぁ……っ、ごめ、なさ……あ、ぁっ……!!」

「こっちは?」

言うが早いか、直正さんの親指が私の茂みに潜りました。

「あっ!　だ、めっ――――!」

ひとたまりもありませんでした。流されないよう咄嗟に彼の肩に摑まったけれど、指の腹でぐっと陰芯を押しつぶされた瞬間、絶頂の波が私を攫《さら》っていきました。

「ひ、ん……ッ!!」

「っ……」

達したあとの痙攣が、直正さんを繰り返し締めつけていました。

彼は眉根をしかめてわずかに呻きはしたけれど、それは肩に爪を立てられたのが痛かったのかも知れません。

一緒にいこうと願っておきながら、果てたのは私だけ。それもこんなにあっさり。堪え性のない自分をみっともなく思っていると、耳元で笑い声がしました。

した。

「あ、ア……！　今は……あ、あうっ……!!」

直正さんはしこりを増した芽をさらに弄りながら、逃げようとした私の腰を強く掴みました。

「おいていった罰、だ。……動け」

一度はぜた火にくべれば、その嘲笑さえぱちんと火花を瞬かせました。

私は主導権を奪われるのを感じながら、ふらつく腰をしきりに打ちつけました。

「は……ぁ、ン、あ……あァ……ッ!!　だ、……め……っ!!」

また達したのか、それともずっと達したままでいるのか、過熱した神経が焼き切れてしまいそうでした。

力任せに突き上げられるせいで、時折互いの動きがぶつかります。遠慮も気遣いもない直情に貫かれた子宮は、それを悦ぶように痺れていました。

「ひン……ッ!!　ア、あ……!!」

絶え間ない淫らな旋律が、花芯にあてがわれた苛烈なまでの刺激が、理性を侵していました。

ずっとこのままでいられたらいいのに。溺れたみたいに息もできなくなっているくせに、そんなことを思っていました。直正さんに揺さぶられていると、つい我を失ってしまう。

「腰、止めるなよ……」

息継ぎをしようとした時、唇はキスに塞がれました。

「すみ、れ……ッ……！」

「――ッッ‼」

かすれ声に名前を呼ばれると、かろうじて踏み止まっていた意識は呆気なく最果てへと吹き飛ばされていきました。

呼吸さえ奪われながら絶頂に震える私に、直正さんはより激しく腰を打ちつけました。体の奥で、彼の情欲が解き放たれるのを感じました。眉間に皺を寄せた彼を見ると、甘美な震えが走ります。直正さんが私の中で果てている。気持ちよさそうに、時々喘ぎながら。

「は……っ、は……っ……」

荒い呼吸は私のもの。けれどその身を預けている直正さんもまた、大きく胸を上下させていました。

体中がぴりぴりと痺れていて、細胞の中に、散り散りになった火花がまだ取り残されているみたい。全身汗だくで、指先を動かすのさえ億劫です。彼が私の中から去ろうとすると、下腹は名残惜しそうにぎゅっとその身を竦ませます。ぐったりとして動けずにいると、直正さんは身を起こし、私を脇に横たえさせました。

彼は私の傍らに座ったまま、無言で私の頭を撫でていました。ゆっくり、優しく、愛でるように。毛繕いをしてもらっているみたいで気持ちいい。言葉はなくても、安心して身を委ねていられる。

それは今日に限ったことではありません。この手に触れられると、いつも不思議な感情が胸の内に広がっていきます。まるで、恋みたいにあたたかな感情が。

「直正さん……私――」

その時、唐突に部屋のインターフォンが鳴りました。

直正さんはぴたりと手を止めましたが、ちらっとサイドテーブルにある置時計を見ただけで、動こうとはしません。

「出なくていいんですか？」

「……部屋を間違えてるんじゃないか。下のエントランスは開けてないし」

確かに、一階にあるオートロックの自動ドアを開けるには居住者の解錠がいるはずです。それにもう夜の十一時を過ぎているのを考えると、ただの来客かどうかも怪しい。

だから直正さんの態度も不自然とは思わなかったけれど、その顔色が、なんとなく翳っているような気がしました。

静寂を破って再びインターフォンのコール音が響くと、横から小さなため息が聞こえました。

「……悪い、ちょっと出てくる」

直正さんは私にぐるりと肌掛け布団を巻きつけてからベッドを下り、Tシャツとジーンズを身に着けました。そうしているあいだにも、三度目のコール音が鳴らされます。

彼の背中がドアの向こうに消えると、なぜだか不安になりました。本当に、ただの間違いでしょうか。そこはかとない違和感を拭えないのは、さっき見た直正さんの表情が、なんだか「間違いだ」と自分に言い聞かせているように見えたから。

ドアの向こうから、玄関を開ける音が聞こえました。

きっと彼は、来訪者に部屋を間違っていることを告げてすぐ戻ってくるはずです。そうしたら、さっき言いそびれたことを伝えようと思います。

――私、直正さんに触られるのがすごく好きみたいです。電車の中でも、どこでも、見境がない奴だと呆れられるかも知れないけれど、あなたに触れられるとドキドキして、心があったかくなる――。

そうやって私は、じりじりと色濃くなるいやな予感から無理やり意識を逸らしていました。

置時計の針が刻々と進む中、前触れもなくその声は聞こえてきました。

「――その人、彼女じゃないんでしょ⁉」

体がびくんと跳ね上がり、目は反射的に玄関へ続くドアに向きました。

聞こえてきたのは、女性の声でした。盗み聞きをするつもりはなくとも、感情的になったその声は、否応なく耳に入ってきます。ドアを一枚隔てているのではっきりとした内容までは聞き取れないけれど、他人同士で交わされる会話とは明らかに違う、何か揉めているような話し声。ただの友人が訪ねてきたわけじゃないことくらい、すぐにわかりました。

私は急いでフローリングに落ちていた衣服を拾い集めました。下着をつけ、シャツを羽織ろうとしたものの、ボタンを留めようとした指が情けないほど震えていました。

頭の中で、憶測がめまぐるしく飛び交います。

もしも、そこにいる誰かが部屋の中に入ってきたら。もしも、その人が直正さんにとって特別な相手だったら。考えたくはないけれど、私がここにいたら彼に迷惑がかかるかも知れない。

あれから大きな声は聞こえてこないけれど、耳にはまだ、さっき聞こえたひと言がこびりついていました。

——彼女じゃないんでしょ。

そう、彼女なんかじゃありません。その自覚はあったのに、私は繰り返しこの部屋を訪ねました。だって、会いたかったんです。恋人でもないのに直正さんに抱かれて、懐くような気持ちまで持って、よくないことだと知りながらずっと真実を見ないふりをして——。

ごめんなさい、と誰にともなく謝ると、胸の底がしんしんと冷えていきました。鳥肌の立った足にタイツを履かせようとすると爪が引っかかり、ぷつっと小さな穴が開きました。綻びを腿にできた伝線が見る間に広がっていくさまを、私は呆然と見つめていました。

映した目の奥が、痛くて堪らない。

クローゼットの扉に吊してあったジャケットを着終えてしばらくすると、リビングのドアが静かに開きました。

部屋に戻ってきた直正さんは私と顔を合わせるなり、ばつが悪そうな、申し訳なさそうな、それでいて苦しそうな表情になりました。

「……聞こえたか？」

「……声だけ。内容までは……」

「そう」

ベッドの脇に腰を下ろした彼は、そこでようやく私が服を着ていることに気づいたようです。

「悪い、驚かせたよな」

「一応……その……もしかしたら服を着ていないとまずいかなと思って……」

「……もうずいぶん前に別れてる相手だから、大丈夫」

「そう、ですか……」

そのひと言は、はからずも私の予想が正解だと教えてくれました。さっきの女性は直正さんと特別な関係にあった人で、彼はきっと、最初にインターフォンが鳴った時点で彼女だと気づいていたと。そしてたぶん、すぐに誰だか勘づいてしまうくらい、その人は何度もこの部屋に来たことがある、と。

私はただただ考えあぐねていました。口を開こうにも、この場面でいったい何をどう話せばいいのかがわかりません。びっくりしましたよと笑い飛ばせばいいのか、何気ない世間話でお茶を濁せばいいのか。気の利いた台詞をぱっと思いつけたらいいのに――でも私には、彼がどんな言葉を欲しがっているのかさえわかりませんでした。

何を緊張しているのか、指先が冷たくなっていました。何か言わないと、何か話さないと。黙っていたら、悪いことが起こる気がする。

「直正さん、あの……私、今日はもう帰りましょうか」

おずおずと切り出したものの返事はなく、沈黙はますます重たく降り積もっていきました。直正さんは口を閉ざし、俯いたまま。一度深いため息を吐き、顔を上げると私に視線を向け動かなくなりました。

「直正さん……？」

「……菫」

「はい」

「今まで悪かった」

「……え？」

ぶつけられた言葉は一瞬、頭を素通りしていきました。耳に残っていた音が謝罪だとわかってもなお、私は首を傾げるしかありません。私には、謝られるようなことをされた覚えがひとつとしてないのですから。

「……いきなり、何を……どうして謝るんですか」

「俺は……お前に卑怯なことをした」

「卑怯って……？」

「流されやすいのを知ってて引き込んだ」

彼が謝っているのは、これまでのすべてに対して。そう気づくまでに、少し間が空きました。

「ま、待ってください。それは私も望んだことです。卑怯だなんて、そんな」

「それが端から間違ってる。本当に全部が全部、自分の意思だったか？」

私の日常は、ある朝を境に一変しました。その始まりは、確かに自分から望んだことではありません。そのあとも、一方的に触れられていたと言えばそのとおりです。言葉にしてしまえば、そこに私の意思は存在しないように見えてしまうし、私が流されやすいというのも否定はできません。

でも、と振り絞った声はかすれて、彼の耳には届かなかったようです。

「自分が望んだなんて言うのも、気持ちよさと、恋愛感情みたいなものとを混同してるだけだ」

「……どういうことですか……？」

「お前は痴漢してきた男に恋をしてるのかって意味。おかしいだろ、そんなのは」

突然正論を突きつけられ、頭が混乱を起こしていました。

どうして急にそんなことを。私が何かいけないことをしましたか。けれど頭の片隅では、尋ねても無意味だときちんと理解できていました。私たちの関係に正論をかざすと、どうなるかも。

何かが終わろうとしていました。息もできないほど胸が苦しくて、目の前の彼に助けを求めようとしましたが、手が動きません。ぎゅっとシーツを摑んでいる指先が、凍ったみたいに白くなっていました。

「…………おかしいでしょうか」

やっとの思いで呟くと、直正さんは辛そうに顔を歪め、吐き出すように言いました。

「まともとは言えない。……こんなところにお前を引き留めておくべきじゃないと思うから」

こんなところ、と私も最初はそう思っていました。自分を獲物になぞらえて、罠の仕掛けられた檻に飛び込む気持ちにもなりました。だけどここは――直正さんの傍は、ひどく心地のいい場所でした。突然、出て行っていいと扉を開け放たれても、どうしたらいいかわからず立ち尽くしてしまうくらいに。

わけもわからず切り捨てられようとしているのに、私にはそれが彼自身のために言われているものとは思えませんでした。

だって直正さんは、嘘が嫌いだから。素っ気ない態度とは裏腹に、とても優しい人だから。

だけど間違いを認めれば、否定することになるはずです。直正さんと私のあいだに起こった、すべての出来事を。足元がばらばらと崩れ落ちるような恐ろしさを感じながら、私は震える声で尋ねました。

「……まともじゃないと、だめなんでしょうか……？」

否定しないでほしい。願いはただそれだけでした。

直正さんは組んだ手に目を落とし、一度何かを言いかけ、けれど結局答えてはくれませんでした。

しんとした静けさの中、エアコンの風が強まったのを終幕の合図にしたように、直正さんは重い口を開きました。

「……送っていくよ」

私から返せる言葉はもうありませんでした。

私は無言のまま、のろのろと身支度を調えました。ひとりで帰るつもりだったけれど、私のあとに続いて直正さんも部屋を出ます。ほんの少し後ろからついてくる、彼の足音。夜道を歩くのを心配してくれているのか、それとも、私が立ち止まらないよう背中を押しているのか。

坂の下にある大通りまで出たところで、足音が止まりました。振り返って見れば、直正さんがタクシーをつかまえようとしています。

「あの……歩いて帰れます」

「いや。こんな時間にひとり歩きはさせられないから」

答えがあった時にはもう、車道脇にタクシーが停まっていました。

すぐに後部座席のドアが開き、運転手がこちらを見ます。仕方なく乗ると、直正さんが運転手に代金を渡そうとしていました。

関係に終止符を打たれたあとに、そんな厚意を受け取るわけにはいかない。慌てて止めようとしたけれど、伸ばした手は直正さんにそっと押さえられました。

「悪かった」

そのひと言を最後に、ドアが閉まりました。考えても考えても、やっぱり私には彼から謝られる覚えはありませんでした。

タクシーが走り出すと、窓には大通り沿いの夜景が流れていきました。街路樹に飾られたイルミネーションの、星空みたいな青と白。対向車のヘッドライト、赤信号。早送りで過ぎ去る街灯りが、水に沈めたようにどんどん滲んでいきました。

直正さんは最初から最後まで恋人ではありませんでした。私たちの関係は間違いだと、そう思ったからこそ彼は終わりを選んだのでしょう。きっと最後に、正しい道を示してくれたんだと思います。

だけど。

指先がかじかんだように震えていました。両手に息を吹きかけると眼鏡が曇り、景色がぼうっと霞みます。むきになって温めようとするほど、磨り硝子を透したみたいに何も見えなくなりました。

なぜか恐ろしくて堪りませんでした。これで私たちの日常は、すべて元どおりになるはずです。後ろめたさのない、まっさらで健全な日常に。それが、どうしてだか怖い。踏み出そうとする足が、目隠しされたみたいに竦むのはどうして。

たぶんここから先は正しくないと進めないのでしょう。間違いを認めて、引き出しいっぱいに詰まった直正さんの記憶も捨てて。だけど私までそうしたら、ふたりだけが知る秘密は消え去ってしまいます。この出会いも、交わした言葉も、何もかも全部なかったことに——だったら、間違いなんて認めたくない。

眼鏡を取り、滲む目を拭いました。

「……直正さん」

そっと彼の名を呼ぶと、打ち鳴らされたように胸が震えました。深く息を吸うと、服についた煙草の残り香に鼻先をくすぐられました。もう一度、香りで胸がいっぱいになるまで息をすると、胸から溢れたものが涙になって、眦からぼろぼろと零れ落ちていきました。

すごく寂しくて、すごく……恋しい。

「この気持ちも間違ってますか……？」

応えてくれる彼の姿は、もうどこにもありませんでした。

5

タクシーのテールランプが、大通りの先へと消えていった。

踵を返し、来た道を戻る。部屋に帰ると、室内には菫の気配がまだあちこちに残っていた。クローゼットの戸にかけられたハンガー。鳥の巣のように丸まっている肌掛け布団。つけっぱなしになっていたエアコンの温度設定は俺には暑くて、リモコンのボタンを押し電源を落とした。

デスクチェアに腰かけたものの何もする気が起きず、漫然と煙草に火を点け、煙をくゆらせた。

――あの時。

煙を吐き出しただけのつもりが、ため息になっていた。

インターフォンが鳴ったあの時、瞬時にいやな予感がした。一階のエントランスではなく、玄関先のインターフォンが鳴らされているのは音でわかっていた。おのずと頭に浮かんだのは、一ヶ月以上会うことさえしていなかった相手の顔。もう会うのはやめようとひと言伝えたあとも雪乃からの連絡は完全に絶えることなく、時折かかってくる電話やメッセージに、俺は一切返事をせずにいた。

夜更けの来訪者とあって、菫は不安そうにしていた。

「……部屋を間違えてるんじゃないか。下のエントランスは開けてないし」

安心させるように言いながら、本当はただ、予感を打ち消したかっただけかも知れない。

たとえ鍵を持っていなくとも、その気になればエントランスを通り抜ける手段はある。このマンションは単身者向け、しかもコンビニが近いせいで夜間でもそれなりに人の出入りがあり、少し待っていれば、居住者の誰かがエントランスのオートロックを開ける。そのタイミングでドアをくぐれば、中に入れてしまうのだ。実際、まだ付き合っていた頃に一度だけ、雪乃がその手を使って部屋にまで来たことがあった。

二度目のインターフォンで、予感はますます現実味を帯びた。

「……悪い、ちょっと出てくる」

まだ裸でいる菫に布団を巻きつけ、クローゼットから適当にTシャツとジーンズを出した。それを着ているあいだに鳴った三度目のコール音は、明らかに俺を呼んでいた。

玄関のドアスコープを覗くと、そこには顔を伏せて立つ雪乃の姿があった。

もうため息は出なかった。居留守を使おうとも思わなかった。そんなことをしても、同じ轍を踏むだけだ。今夜こそ、終わらせなければいけない。

玄関のダウンライトを点け、チェーンロックと鍵を開けた。

ドアが開くなり雪乃は俺を見上げ、くしゃっとした笑顔になった。

「直正……」

「……なんで来たんだ」

口から出たのはあまりに冷たい声で、自分でもひやりとした。

「ごめんなさい。どうしても……会って話がしたくて」

よく見れば、雪乃は今にも泣き出しそうだった。顔にある笑みは剝がれかかり、視線は寄る辺なく揺れている。

「……最近ずっと連絡がとれなかったから。もう会わないなんて、本気で――」

その時、雪乃が何かを見つけた様子で足元に目を落とした。ぽかんとした彼女が見ていたのは、ブラウンのパンプス。行儀よく揃えられたそれを見ながら、雪乃は呟いた。

「……彼女？」

聞き逃しそうなほどの小さな声に、俺は思いがけず衝撃を受けていた。菫がいることに気づかれたからではない。たったひと言の問いかけに返せる答えを、俺は持ち合わせていなかった。

初めて人の目を通して見る、菫の存在。何と呼べばいいかが、わからなかった。はぐらかされたと思ったのだろう。いつまでも無言でいる俺に、雪乃が詰め寄る。

「違うの？　だったら私、その人に挨拶してもいい？」

「……雪乃」

一歩近づいてこちらを見上げた目には、うっすら涙が浮いていた。

「私だって今は友達みたいなものでしょ？　その人も、彼女じゃないならただの友達だよね？　ちょっと挨拶するくらい、別にいいじゃない」

「……だめだ、会わせられない」

「どうして？　その人、彼女じゃないんでしょ⁉」

切りつけるような声が、夜更けの通路に響いた。

「いつからの知り合い？　なんで……彼女でもないのに庇うの。意味わかんないよ……」

矢継ぎ早に浴びせかけられる詰問が、次々と胸に刺さった。

菫は恋人でも、ましてや友人でもない。たとえ相手が雪乃ではなかったとしても、出会いのいきさつをありのままに話したりはできないだろう。

貫かれたような痛みと同時に降りかかってきたのは、強烈な後悔だった。嘘が嫌いだなんてどの口が言えただろう。俺との関係は、菫に嘘を吐かせることになる。彼女のこれまでの努力も、築いてきたものも、すべてを脅かしかねない。

立ち尽くす俺を前に、雪乃は大粒の涙を零しながらさめざめと泣いていた。

「ひどいよ、直正。忙しい忙しいって、そればっかりだったくせに。葉山くんと仕事始めてからは、もっと。私が寂しがっても、全然取り合ってくれなかったじゃない。だから私――」

そうして雪乃は俺以外の男を見つけ、俺は自分のふがいなさを責めた。直視したくない現実から、目を逸らしてさえいた。もしかしたら、それで俺はあの死角に気づいたのかも知れない。正しさに背いて作られた、電車の中のあの死角。

「それなのに、なんで新しい人が現れるの。どうして……?」

俺は、自分を責めてばかりの現実から逃げたくて菫に手を伸ばした。相手の感情も、立場も無視して触り続けた。手のひらに感じるぬくもりだけでは飽き足らず、会って、抱いて、そして欲に流されて、菫の現実を脅かそうとしている。

誰よりも愚かなのは、俺だった。

胸が冷たいと思ったら、雪乃が胸元に縋りついていた。冷え切った彼女の手が、シャツを握りしめていた。

「ねえ、私が好きな人ができたって言った時も、直正は引き留めようともしなかったよね。……どうしてそう平然と前に進めちゃうの。私は……だめだった。こんなに直正のことを忘れられないのに、うまくいくわけがない。知らない人の煙草の匂いを嗅いだだけで思い出しちゃうのに」

力なく笑って、雪乃は肩を震わせた。

「直正も、私と同じだけ私のこと忘れられなくなってよ。そうじゃないと、私の五年間が浮かばれない……」

雪乃は嗚咽を漏らして泣いていた。そぼ降る雨みたいな声があたるたび、胸がじんわり湿った。

ふと、つむじを見せる雪乃からライラックの香りがした。やるせなさでささくれだっていたはずの感情が、その香りを嗅いだ瞬間、ひとりでに丸まっていくように感じた。

俺は無意識のうちに笑っていた。

「言われなくても、忘れられなくなってる」

「え？」

泣き腫らした顔が俺を見上げた。そこにあったのは、待っている女の目。たぶん俺は、雪乃のこの目にずっと気づかないふりをしていた。

「別れた時も平気だったわけじゃない。俺が原因なら動じる資格はないと思っただけで、落ち込んだし、引きずりもした。引き留めなかったのは、寂しい思いをさせてたことに負い目があったから。だけど……本気で好きだった」

雪乃は目を見開いたあと、まるで重い宣告を受けたように唇を噛んだ。

「……過去形で言うのね」

「そうだよ。全部、過ぎたことだ」

今ならわかる。俺がどれだけ雪乃の想いを踏みにじっていたかも、その寂しさも。そして別れたあとも雪乃を繋ぎ止めていたのが、俺の甘えだということも。

努めて冷静に言い放つと、雪乃は項垂れながら言った。

「また、取り戻せるかも知れないじゃない……」

「できない」

「……絶対に……？」

「ああ、絶対に」

俺はあえて断言した。もちろん未来は誰にもわからない。それでも道を決めなければ、雪乃だけじゃなく俺自身も、ここから先へは進めない。

シャツを摑んでいる雪乃の手を、そっと引き離した。

「だからもう、会うのはこれで最後にしよう」

雪乃は何度も言葉を紡ごうとしていた。けれどひと言、わかった、とだけ呟くと、それきりその口を開くことはなかった。

背中を見せた雪乃が、エレベーターの方に歩いて行った。遠ざかっていく靴音と洟をする小さな音は、やがてドアの閉まる音を最後に聞こえなくなった。


そして俺は部屋に戻り、菫に終わりを告げた。

思い返すと、ずくっと鈍い痛みがぶり返す。

菫の日常を取り戻すためには、あの選択しかなかった。土台を組み違えたまま築いた積み木の家は、崩す以外にないはずだ。間違いだらけの関係を終わらせれば、菫の日常は元どおりになる。それが俺にできる、彼女にとって最良の選択。そう思ったはずなのに、俺はさっきからずっと、果たしてそれは正解だったのかと考え続けている。

——まともじゃないと、だめなんでしょうか……？

菫に訊かれた時、俺は内心狼狽えていた。不安そうに揺れながらも、逸らすことなく眼差しを注がれているのに気づいて、なおさら俯いた。

だめに決まっている。白々しい正論を口にしてでも、菫の日常を正したかった。誤りに引き込んだ俺がそれをしなければいけない。なのに俺は、その質問に答えることができなかった。

灰が伸びた煙草を、ひと口だけ吸って消した。

ベッドに倒れ込むと、ほのかに菫の匂いがした。きっと煙草の匂いがすぐその残り香を消すだろう。それでいい。すべてを白紙に戻さなければいけない、はずなのに。

からからと乾いた音がしそうなほど虚ろになりながら、胸はその痛みを増していた。

12月18日（水）
通勤に使う電車を変えて、三日。菫は、まだあの快速列車に乗っているだろうか。初めて見かけたあの時みたいに、俺以外の誰かに何かされてないだろうか。
最初に菫を意識した時、彼女は中年の男に痴漢されていた。
菫はその手から逃れようと抵抗していたけれど、そのうち男の執拗さに屈したみたいだった。だんだん赤みを増していく横顔を見れば、彼女がその行為に逆らいきれない感情を持っているのは明らかだった。

不可思議なものを見た気分になりながら、たぶん俺は、その危うさを気がかりに思っていた。次に痴漢が現れた時、彼女はまたその欲望に流されるんだろうか。下卑た男に理不尽に弄ばれ、穢されるのか、と。思えばそれが始まりだった。

あれからもう三ヶ月以上が経った。今の俺を見たら、当時の自分はどう言うだろう。この状況を、あの頃の俺に見せてやりたい。

菫を大切に思うほど強くなるジレンマのせいで、身動きが取れない。彼女に痴漢をし続けた俺ではだめだ。菫が特別ならなおのこと、俺はふさわしくない。

わかっているのに、俺はいったい何を考え続けているんだろう。

「あのさあ、最近なんかあった?」

仕事の話題がひと段落ついたところで、葉山は手にしていたビールのグラスを置いた。

「なんで?」

反射的に返してから頷いたも同然だったと気づいたが、今さら言い直す気も起こらない。

葉山も肯定と受け止めたらしく、たいしてこちらを見ることなく、テーブルに並ぶ皿に箸を運んだ。

「何年も同じだった出勤時間を変えておいて理由はないとしか言わないわ、やたらと残業増やすわで、様子がおかしいから。中藤もびびってるよ。目が笑ってないってさ」

忘年会をしようと誘われ、事務所近くにある行きつけの店に来たが、どうりで中藤が呼ばれていないわけだ。たぶん忘年会は口実で、これが本題だ。

俺はグラスに残っていたビールを飲み干しながら、窓に目をやった。今日は朝から冷たい雨がしつこく降っていて、黒々と濡れた裏路地を、傘をさした人影が足早に歩いている。

葉山は煙草を一本取り出し、とんとんと机に打ちつけるしぐさをした。仕事中にペンでもしているが、考えごとをする時に手遊びするのは彼の癖だ。訊けば無意識だと言っていたから、今もそうだろう。葉山はライターの蓋を開けてはまた閉めて、おもむろに口を開いた。

「実はさ、何日か前に雪乃ちゃんから連絡があったんだ」

「雪乃から？」

葉山は雪乃にとっても大学時代の友人なのだから、あり得ないことではない。ただ、このタイミングだ。雪乃に最後に会ったのはつい先週のことで、立ち去るその背中は脳裏にまだはっきりと残っている。

怪訝さや驚きが顔に出ているだろう俺にはかまわず、葉山が言う。

「大事なこと伝え忘れたからって、伝言頼まれてるんだけど」

「……なんて？」

葉山は煙草に火を点け、煙をくゆらせながら答えた。

「ごめんね、ありがとう。あと、元気で」

「……そうか」

俺はグラスに残っていたビールを渇いた喉に流し込んだ。何の引っかかりもなく、その言葉が胸に落ちていった。

葉山も自分のグラスにあったビールを飲み干し、通りがかった店員に、俺の分も合わせて追加の注文をした。平日とはいえ、忘年会のシーズンだからだろう。店内はカウンター席までほとんど埋まっていて、店員の動きも忙しい。奥のソファー席からは、歓声混じりの笑い声が届いてくる。そちらに目をやっていた葉山が、顔を戻して軽く笑った。

「お互い様なところもあっただろうけどさ。ともあれ、ちゃんと話がついたみたいで安心したよ」

「悪い、あいだに立たせて」

「器用な立ち回りができてたら、それはそれで柳らしくないんじゃない。しいて言えば、もうちょっと周りと腹を割って話せるようになってもらえればありがたいけど」

「ああ、気をつけるようにする」

吐き出した息と一緒に、ふっと笑いが漏れた。

木椅子にもたれ、懐から煙草を出す。火を点けようとしていると、葉山がちらりと俺を一瞥した。

「それで？」

「なに？」

唐突な問いかけに首をひねった。灰皿のふちで煙草の灰を落としながら、葉山が続ける。

「雪乃ちゃんのことが吹っ切れたはずなのに、なんでまだそんな浮かない顔をしてるんだ？　〝いいこと〟があったんじゃなかったの」

ぐっと言葉に詰まった。

ひょっとして雪乃から何か聞いたのかと思いかけたが、葉山なら、それならそうと面と向かって切り出すはずだ。人の心を読むのに長けている彼のことだから、これは勘だろう。それから、心配。葉山の顔に、問い質すような険しさはない。

俺は吸いかけていた煙草を置いた。

「……いろいろと、ややこしいんだよ」

「なにそれ。気持ちがはっきりしないってこと？」

「というか、事情が」

「気持ちは？」

注文が運ばれ、テーブルにグラスがふたつ並ぶ。店員が去っても口を閉ざしたままの俺に痺れを切らしたようで、葉山は質問を繰り返した。

「柳、気持ちは？　ややこしい事情とやらは抜きにして、お前の感情とか欲求があるはずだろ」

グラスの中で、炭酸の細かな泡が踊っていた。

葉山の言いたいことはわかる。けれど、自分の胸にピントを合わせようとしてみても、うまく像を結べない。感情、欲求。それらが仕舞われている場所はずいぶん奥のようで、目を凝らしてもよく見えなかった。

どうやら葉山は、真面目に心配してくれているらしい。そのうえで要領を得ない俺をじれったく思うのか、言葉の端々にはいつになく苛立ちが滲んでいた。

「そっからスタートして、事情と折り合いつければいいんじゃないの？　だいたい柳は頭でっかちなんだよ。理屈じゃないことだってあるだろ」

そう言って葉山は、たいして吸ってもいない煙草を揉み消しグラスを傾けた。不機嫌そうにされているというのに、断言するその口ぶりが、むしろ清々しく感じた。きっと葉山の言うとおり、感情がなければ菫とのあいだには何も起こっていないだろう。理屈ですべてが割り切れるのだとしたら、菫のことはとっくに忘れているはずだ。毎朝電車に乗るたびに正解を探し続けるような、そんな往生際の悪い真似をするわけがない。

「……かもな」

笑った俺を見て、葉山が目を丸くする。

「おっ、珍しい。素直だな」

「お前のそういう柔軟なところ、尊敬するよ」

「こちらこそ、その生真面目さには憧れてるよ。俺のはただのおせっかいだし。それに、もしその〝いいこと〟の相手が柳にふさわしくないと思ったら、けしかけたことも棚に上げて反対するからね。他人はいつだって無責任なんだから、自分くらいは自分の味方してあげたら？」

「……そうするよ」

グラスを取り、ぐっと呷った。とっくに泡がへたったビールを、それでも俺は美味いと思った。

12月19日（木）

帰りの電車で、葉山に言われた言葉をずっと考えていた。感情、欲求。自分はどう感じて、どうしたいのか。

考えたところで堂々巡りする気がして、なんとなくこれまでの日記を読み返した。

始まりの日に抱いていた感情は——疑問。

どうしてだか気になる。触れたかった。他のこと全部を忘れ去ってしまいそうなくらい激しく昂奮するけれど、それ以上に、わけもなく安心した。

嬉しい、と書かれていたのは、連絡先を知った日。

初めて会った日、菫がシャワーを浴びているあいだに書き残した日記はたったの一行。

——ようやく会えた。

答えは全部、ここに書いてあった。


翌日、俺はこれまでの習慣どおり、八時一分発の快速列車に間に合う時刻に家を出た。

駅にあったのはいつもと同じ雑踏で、構内には行き交う人々の足音に溢れている。

乗客がみな足早に改札を抜けていく中、俺はあたりを見回した。誰ひとりとして目は合わず、見つけたい姿もそこにはない。

柱時計の針が、もうすぐ八時を指そうとしていた。

俺は改札をくぐり、ホームへと続く階段を下りた。屋根に遮られていた視界は幕が上がるように開けていき、頭上から次の列車を知らせるアナウンスが聞こえた。

列車を待つ人混みからその姿を見つけるまで、数秒もかからなかったと思う。

ホーム中ほどにある、駅名が掲げられた柱の近く。目印を辿った先に、菫はいた。万が一に賭けたつもりだったのが、まさか本当にいるなんて。

彼女は列の中でぼんやりと立っていた。風で落ちたのだろう髪を耳にかけ、また前を向き列車を待っている。身に着けているのは、よく着ていたコートに、いつか見た覚えのある濃いグレーのスーツ。アップに纏められた髪も、一週間前に会った時と何も変わっていない。けれど、なぜか彼女は眼鏡をかけていなかった。

乗車待ちの列はすでに長く、菫の後ろには数人の乗客が並んでいた。

どう話しかけようかと悩みながら列に近づいた時、不意に菫がこちらを向いた。

彼女が俺に気づいたのは顔色でわかった。驚いたように目を見開いて、そして慌てた様子ですぐさま視線を逸らし、俯いた。

それもそうかと自嘲すると、鉛をのせたように体がずしんと重くなった。関係を断ったはずの男がいきなり現れたのだから、彼女の反応はもっともだ。警戒されたとしても仕方がない。会えたからといって、何を期待したのだろう。

けれど、彼女はいた。乗る電車を変えるのが面倒だからとか、そんな理由かも知れないが、それでも一縷の望みを託すのには十分だった。

止まっていた歩を進め、俺は列の最後尾に並んだ。

たとえ拒絶されたとしてもいい。もしも彼女に会えたなら、伝えたいことがあった。

俺は菫を利用した。いくら謝っても足りないくらい、自分勝手に弄んだ。その俺が口にすれば、どんな言葉も不実に聞こえるかも知れない。けれど。

――手放したくない。

考えても考えなくても、思いはそこに行き着いた。間違いを押し通すなんて、利己的で、我が儘で、傲慢だと思う。けれど、たとえ誰からどんな非難を浴びようとも、菫が欲しかった。

到着を知らせるメロディーとともに、列車が風を巻き上げながらホームに入った。開いたドアに向かって、一斉に乗客が押し寄せる。瞬く間に周囲は人で埋め尽くされ、ドアが閉まる頃には身動きも取れなくなっていた。

菫は、と思いきや、彼女はすぐ隣にいた。顔を伏せていて、その表情はうかがえない。車内は体の向きを変えるのも難しいほど満員で、いくつかの頭越しにある車窓に、鉄橋のシルエットが流れていくのが見えた。じき、あの踏切の音も聞こえてくるだろう。

あとで話したいことがある――そう伝えようとした時だった。吊革も摑めずにだらりと下ろしていた手に、何かが触れた。

肌にぴとっと触れているだけの、弱々しい感触。顔を隠したままの菫から、俺の手に指が伸ばされていた。

俺は声を出すのも忘れ、ただその光景に見入っていた。彼女の細い指は、俺の手を開いて小さな何かを包ませると、逃げるようにさっと離れていった。

手の中に残された、薄くて軽い、かさかさとした何か。菫の耳朶に浮かぶ紅色が、その正体を教えてくれていた。

俺は指先でその紙片をなぞり、角に指を押しあてた。たぶんこれは、菫なりの賭けだ。

ここに何が書かれているかは予想がつかない。どんな思いで、いつから用意されていたのかも。ただ、もしいつか渡せる日のために持ち歩いていたのだとしたら、ここにはきっと、俺が現れなければ破り捨てられていた思いが書かれている。

降りる駅が近づき、俺は指先でその紙を広げた。二度折られた、少し厚手の白い紙。手のひらほどの紙に視線を落とすと、そこには彼女が名前を告げた時と同じ、小さく綺麗な字があった。

『おかしくても、間違っててもいいです。直正さんとのことを全部、私の恋にさせてください』

その瞬間、菫だけを残して景色がすべて透明になった。

俺は、錯覚を起こした目で菫を見た。眼鏡をかけていない彼女から零されたまっすぐな言葉は、願いというより、宣言のように思えた。

駅に到着すると、車内に押し込まれていた乗客が均衡を失ったようにドアへと流れていった。濁流に押され、ホームへ降り立つ。足を止めることもできぬほどの人波に揉まれながら、改札をくぐり抜ける。

雑踏ひしめく視界にあって、菫の背中だけが色づいて見えた。たったひとつの光点を、決して見失ったりはしない。

駅を出た先の交差点で、信号を待つ菫は肩をゆっくり上下させた。彼女の意識が、背中を通してこちらに向けられている気がした。

「菫」

名前を呼ぶと、一瞬、彼女の肩がびくっと震えた。信号が青に変わっても、その足は動かない。群衆から取り残された彼女は振り返り、俺を見上げるなり不安そうに目を伏せた。

俺は彼女に、言葉を尽くして伝えたいことがあった。これまでのすべてを謝るつもりでもいた。悪かった、許してほしい、やり直せないだろうか——いや、そうじゃない。

「俺と付き合ってほしい」

気づけば陳腐な台詞が口を突いて出ていた。自分に呆れながら、けれどそれが今の感情に一番近い言葉だった。

これまで俺と菫とのあいだに、恋と名づけられるだけの清廉さは欠片もなかった。醜い快楽に身を任せ、ただ流されていただけだ。なのに彼女は、それを恋と呼んでしまおうと言う。始まりの秘密も倒錯した行為もすべてを恋と呼び、受け入れてくれると言う。

ならば俺は、彼女に報いるための囲いを作ろう。誰の後ろ指も届かないくらい、丈夫で、頑丈な。

恋人になってくれと言えなかったのは、〝恋人〟ではきっと足りないから。欲しいのはそれよりももっと強く、もっと深く、俺と菫とのあいだだけで成立する関係。

それが正しいかどうかはわからない。けれど、わかる必要はなかった。情けないほど震える指先が、それでも彼女に触れたがっているのだから。

俺の言葉に菫は目を見開くと、大きく息を吸い込み、泣き笑いの顔で頷いた。

「……はい」

「……泣くな」

「はい……」

俺は手を伸ばし、風で乱れた彼女の髪を耳にかけた。頬にあてた俺の手に触れると、彼女は涙を零しながら、にこりと笑った。

〈了〉

あとがき

初めましての方も、そうではない方も、こんにちは。かのこと申します。蜜夢文庫さまからの二冊目となる本作、お手に取ってくださり、ありがとうございます。

このお話は、電子書籍レーベル「らぶドロップス」より配信されている、『侵蝕する愛―その指先に溺れて』を大幅に加筆修正したものなのですが、その配信が開始されたのは今から八年前。実はこれが、私のデビュー作でした。

無知というのは怖いもので、私は痴漢物をひっさげてTLの門を叩いたのです。他に何かなかったのかと思わなくもないのですが、当時も、そして今も、いびつで倒錯したものにどうしようもなく心惹かれてしまうんですよね。

道を踏み外さず、一度も間違えず、清く、正しく……そうやって生きていければ何よりだけれど、生身の人間がすることに間違いはつきものだと思います。恋愛だとか性愛だとかが絡めば、特に。第三者から見れば明らかな誤りも、そのふたりにとって、なくてはならないものだとしたら。そんなことを考えながら書いたのが、このお話です。

ちなみに野暮なことを言うようですが、痴漢はしてはいけないことです。それを擁護する気持ちも、寛容になれというつもりもありませんので、あしからず。こっそりと嗜む妄想のひとつとして、このお話をお楽しみ頂けると嬉しいです。


最後に、簡単ではありますが、いくつかお礼を述べさせてください。

まずは、担当編集者さま。『アブノーマル・スイッチ』に続き、今回も大変お世話になりました。いつも的確な水先案内、ありがとうございます。また、製作に携わってくださった関係者の皆さまにも、深く感謝申し上げます。

次に、天路ゆうつづ先生。戸惑いつつ秘密に耽る菫もさることながら、直正の手の、色っぽいこと。頂いたイラストを、何度拡大表示させたか。しっとりとした背徳感が漂う、ロマンチックなイラストを、ありがとうございました。

そして、読者の皆さま。お読みくださる皆さまがいるからこそ、こうしてデビュー作を書籍にしてもらえることができました。お手に取って頂けたこと、改めてお礼申し上げます。本当にありがとうございました。

それでは、またいつか、どこかでご縁がありますように。

二〇一九年二月吉日

かのこ

ヒロインひと筋なイケメンエリート×婚約者に裏切られた傷心のOL
ハイスペックな幼なじみは
わたし限定でエロくなる!?

本書は、電子書籍レーベル「らぶドロップス」より発売された電子書籍『侵蝕する愛―その指先に溺れて』（発行：パブリッシングリンク）に加筆・修正を行い、挿絵を入れたものです。

★著者・イラストレーターへのファンレターやプレゼントにつきまして★
著者・イラストレーターへのファンレターやプレゼントは、下記の住所にお送りください。いただいたお手紙やプレゼントは、できるだけ早く著作者にお送りしておりますが、状況によって時間が掛かる場合があります。生ものや賞味期限の短い食べ物をご送付いただきますと著者様にお届けできない場合がございますので、何卒ご理解ください。
送り先
〒160-0004　東京都新宿区四谷3-14-1　UUR四谷三丁目ビル２階
(株)パブリッシングリンク
蜜夢文庫・ムーンドロップス 編集部
○○（著者・イラストレーターのお名前）様

侵蝕する愛　通勤電車の秘蜜

２０１９年3月２９日　初版第一刷発行

著……かのこ
画……天路ゆうつづ
編集……株式会社パブリッシングリンク
ブックデザイン……しおざわりな
（ムシカゴグラフィクス）
本文ＤＴＰ……ＩＤＲ

発行人……後藤明信
発行……株式会社竹書房
〒102-0072　東京都千代田区飯田橋２－７－３
電話　03-3264-1576（代表）
03-3234-6208（編集）
http://www.takeshobo.co.jp
印刷・製本……中央精版印刷株式会社

ISBN978-4-8019-1812-2　C0193
Printed in JAPAN